タンバ
插畫 夕薙

最強廢渣皇子暗中活躍於帝位之爭

伴裝無能的SS級皇子背地支配王位繼承戰

3

Kadokawa Fantastic Novels

Contents

目錄

皇族介紹

皇帝
† 約翰尼斯·雷克思·阿德勒

† 威廉·雷克思·阿德勒

第一皇子，三年前27歲時過世的皇太子。在世期間是個集帝國上下期待於一身的理想皇太子，本著人氣與實力，未曾讓帝位之爭發生的英才。威廉喪生成了帝位之爭的導火線。

† 莉婕露緹·雷克思·阿德勒

第一皇女，25歲。
率領東部國境守備軍的帝國元帥，以皇族最強姬將軍之名威懾鄰近諸國。對帝位之爭不予過問，已經明言無論誰即位都會以元帥身分效忠。

† 埃里格·雷克思·阿德勒

第二皇子，28歲。
擔任外務大臣且最有實力成為下任皇帝的皇子。以文官為後盾。冷酷的現實主義者。

† 珊翠菈·雷克思·阿德勒

第二皇女，22歲。
從事有關禁術的研究，以魔導師為後盾。
性格在皇族之中最為殘忍。

† 戈頓·雷克思·阿德勒

第三皇子，26歲。
任將軍之職的好戰派皇子。
以武官為後盾。性情單純直率。

† 杜勞葛多·雷克思·阿德勒

第四皇子，25歲。
特徵在於老土眼鏡的胖皇子。
文采不足卻有文豪之志的玩票墨客。

† 上上任皇帝
古斯塔夫·雷克思·阿德勒

以輩分而言是艾諾特的曾祖父，上上任皇帝。將帝位傳給兒子以後，便埋首於研究古代魔法，終導致帝都陷入混亂的「亂帝」。

† 奧姆斯柏格勇爵家

約五百年前，於魔王震撼全大陸之際將其誅討的勇者後代。在帝國貴族中地位最高，僅向皇帝屈膝。勇爵家中亦只有具備才能之人方可召喚傳說的聖劍極光(Aurora)。視守護帝國為己任，基本上並不參與政治。

† 盧貝鐸・雷克思・阿德勒

第十皇子，10歲。
年歲尚幼，並未參加帝位之爭。
性格懦弱。

† 葵絲妲・雷克思・阿德勒

第三皇女，12歲。
幾乎不將情緒表露在外，只跟艾諾和李奧等特定的人交好。

† 亨瑞可・雷克思・阿德勒

第九皇子，16歲。
瞧不起艾諾特，對李奧納多的競爭心旺盛。

† 李奧納多・雷克思・阿德勒

第八皇子，18歲。

† 艾諾特・雷克思・阿德勒

第七皇子，18歲。

亞德勒夏帝國的皇帝，有意讓十三名子嗣爭奪帝位，再將皇帝寶座傳給勝出的皇子。統治廣大帝國，一有機會就開疆拓土直至今日的明君。

† 康拉德・雷克思・阿德勒

第六皇子，21歲。
與戈頓同母所生的弟弟。儘管身為直性子的戈頓胞弟，個性卻與艾諾特相近。

† 卡洛士・雷克思・阿德勒

第五皇子，23歲。
既沒有被評為優秀，也沒有被評為無能的平凡皇子。
然而所懷的夢想往往有違自身能耐，還巴望成為英雄。

第一章　流民問題

Episode 1

1

十一年前。

當時，帝國與位於西方的佩露蘭王國正激烈交鋒。

在這般局勢下，位於東方的索卡爾皇國侵略了與帝國相鄰的矮人國度，導致矮人就此滅國。眾多矮人逃亡至帝國，亦有部分王族得到帝國保護。然而，比起矮人屯聚的那些金銀財寶，索卡爾皇國更想竄奪矮人擁有的技術，便針對此事提起抗議，還向帝國發出了好幾次警告。

對此帝國的回覆是「要阻絕流民入境並不可能」，索卡爾皇國的皇王終究按捺不住，就派了自己的兒子出使帝國。

「事態變棘手了呢。」

「一點都不錯。」

皇帝約翰尼斯對宰相法蘭茲所言頷首。

被評為大陸三強的是帝國、佩露蘭王國、索卡爾皇國三個國家。帝國於三強中位居中央，形同遭受兩國包夾。從帝國的立場，在與佩露蘭王國挑起事端之際，必然會希望避免跟索卡爾皇國敵對。

「倘若將一度保護的矮人交出去，將會與大陸全土的亞人為敵，居住於帝國的亞人當然也包含在內。那麼一來，恐怕就無暇與他國爭戰了。」

「我必須選擇與皇國為敵，或者與亞人為敵，是吧？」

「那倒未必。只要能提供媲美矮人技術的物資，索卡爾皇國應會暫且干休。」

「要交出什麼？」

「索卡爾皇國乃魔導大國，然而，研發魔導具不可少的寶珠卻供應不足。大尺寸的寶珠尤其短缺，甚至讓魔導兵器的研發因而停擺。」

寶珠是內含魔力的礦石總稱。由於這類礦石兼具能夠儲存魔力的特性，便成了內部魔力耗盡後仍可再次利用的貴重品。

其儲存量基本上會與大小成正比，尺寸越大的寶珠越具稀有價值。

「要將東西拱手送給皇國？這可就不稱心了。難道事情非得懦弱至此才能夠解決？我不過是收容了那些逃亡而來的人啊。」

「是的，這樣便能避免同時與兩國正面交戰。所幸我國不愁沒寶珠可用，光這樣就能免去戰事，應該算便宜的了。礦山並沒有拱手讓人，無損於我國。」

為了研發魔導具，皇國從百年前就在國內的礦山到處開採寶珠，使得寶珠的採掘量逐年遞減。

另一方面，帝國未曾致力於採掘寶珠；國土內保有好幾座優秀的礦山。基於這兩點便無須為寶珠發愁。

「餵點好處要皇國閉嘴是嗎？再添增軍方負擔也非我所願。」

「正是。請盡快將大尺寸的寶珠讓與皇國，令其暫且罷休。畢竟西方戰線看似陷入膠著，或許在這段期間停戰亦屬良策。」

「就這麼辦吧。占優勢的可是我軍，王國也會答應才對。」

約翰尼斯與法蘭茲商討完便將事情定了下來。

■■■

在法蘭茲備妥碩大的寶珠以後，迎接皇國使節的日子到了。

那天，有個少女來到城裡。櫻色頭髮的少女，時年六歲的愛爾娜。

好奇心旺盛的愛爾娜在父親與人駐足長談時，由於閒得發慌，晃著晃著就在不知不覺間從現場離去了。

「奇怪？」

甫一回神，愛爾娜已經跑到陌生的地方。她花了點時間環顧四周，卻見不著熟悉的景色。心想反正自己肯定是在城裡，找人問問就好的愛爾娜便邁步前進。

於是她在城牆發現了小小的洞，大小勉強可以讓幼童鑽過。

被草木掩蓋的那個洞看起來疑似通風口，不知怎地卻維護得乾乾淨淨，猶如祕密基地的入口。好奇心被挑起的愛爾娜蹲下來鑽進通風口，在黑暗中前進好一陣子以後，到了某個昏暗的房間。

緊閉的房間被散發幽光的魔導具照亮，愛爾娜立刻察覺這裡是藏寶庫。

「唔哇……」

這裡比勇爵家保有的藏寶庫更加寬敞，還擺了各式各樣的物品。

然後愛爾娜一眼就看中了某項物品。

「魔法劍！」

附有炎、風等屬性魔法的劍。而且藏寶庫所擺的並非現今技術的產物，而是古時候鍛造出來的名劍。

愛爾娜拿起其中一柄，從鞘裡拔出，那鋒芒不禁讓她心醉。接著愛爾娜還嘗試揮了幾下。

「嗯～～！好劍！」

這柄劍對年幼的愛爾娜來說固然太長，但她到底是勇爵家的女兒，此等寶劍只要靠自身體能就可輕鬆駕馭。不過精美適手的劍讓愛爾娜內心一樂，就從試揮轉而演練起劍招了。

雖說空間寬敞，這裡仍是藏寶庫。在放有許多貴重物品的房間內大展劍藝，會導致什麼後果？樂於其中的愛爾娜並沒有想到這一點。

「啊……」

劍刃橫掃，劈中用布蓋著的盒子。愛爾娜這一劍銳不可擋，盒子隨即被砍成兩半。從盒子更釋放出強大魔力，使得照亮藏寶庫的魔導具受損，燈光因而熄滅。

在一片漆黑之中，愛爾娜聽見沉沉的碰撞聲響，內心登時涼了半截。不久她的眼睛逐漸適應黑暗。

定睛看去，有顆比人頭還大的碩大寶珠裂成了兩半。

自己不慎劈開了藏寶庫的藏物，這項事實令愛爾娜驚慌失措，她還捧起上半塊寶珠想設法接回去，被俐落斬斷的寶珠卻不可能恢復原貌。

倉皇片刻以後，愛爾娜承受不住無法挽救的狀況與不安而哭了出來。

「嗚……嗚嗚……噫……父親大人……」

「嗯？難道裡頭有人在？根本一片黑嘛。」

就在此時，有個少年從愛爾娜鑽過的通風口進來了。黑髮與黑眼眸。是時年七歲的艾諾特。平時當成藏身處的藏寶庫有人先到，裡頭還一片黑，這讓艾諾嚇了一跳，然而他立刻發現愛爾娜在哭。

「妳在哭？」

「嗚～～……嗚嗚……」

艾諾的眼睛並沒有靈光到夜能視物，便無法看出漆黑中的那個人有些什麼特徵。不過他從哭聲聽出對方是與自己年齡相仿的女孩。

艾諾摸索著前進，但他馬上就察覺有東西弄壞了。

「妻子捅大了耶……這是傳聞中的寶珠吧。」

「寶珠……？」

「對。據說是要送給大使的贈禮。」

「大使……？嗚嗚……」

「啊～～！妳別哭妳別哭！我會設法處理啦。」

這句話是為了安撫哭泣的少女，因為他覺得再讓對方哭下去就麻煩了。
然而，情況有變。
那是皇帝的說話聲。一瞬間，艾諾曾陷入困惑，不過他立刻在搞懂情況後要愛爾娜到通風口那邊。
「往這走，大使閣下。」
「妳趕緊出去！動作快！」
「但是……」
「別管那麼多了啦！」
艾諾年紀雖小，仍明白當下的狀況極為嚴重。皇帝會來這裡就是為了帶大使看這顆寶珠，要是發現東西損毀，必定會震怒。皇子弄壞的也就罷了，如果被得知是其他小孩闖的禍，誰曉得到時會如何降罪。
艾諾設想過最糟的局面，就叫愛爾娜先逃為快。於是當愛爾娜來到通風口附近時，藏寶庫的門開了。艾諾先是對即將發生的狀況嘆了口氣，接著深呼吸做出覺悟。
「這裡正是我國的藏寶庫，寶珠收藏於……嗯？」
「萬分抱歉！父皇！我把寶珠碰壞了！」
皇帝尚未釐清狀況，彷彿搶著認罪的艾諾就向他低頭道歉。

皇帝、大使以及隨侍在側的所有人員一瞬間都不懂這是什麼情形。皇子出現在理當門禁森嚴的藏寶庫，而皇子身旁還有裂成兩半的寶珠。

沒有任何人開口，因為他們沒膽比皇帝先講話。不僅沒膽講話，沒有任何人敢直視皇帝的臉。

皇帝緩緩地朝艾諾走近。

「真是你碰壞的，艾諾特？」

「對……」

「當真？」

「對，真的。」

艾諾抬起頭回答，因此只有他看出皇帝臉上浮現了複雜的神色。皇帝稍閉雙眼後緩緩發出嘆息。

隨後，現場「啪」地傳出一聲清響。

「你這愚不可及的蠢東西！這顆寶珠可是帝國與皇國敦睦邦誼的象徵！你毀壞此物是何居心！難道你沒有身為皇子的自覺嗎！」

「！……萬分抱歉……」

艾諾痛得含淚扶著臉龐，但是他沒有哭出來。

因為艾諾覺得自己不能哭，他心裡明白。愛爾娜還沒有逃到外頭，所以艾諾不哭。哭了似乎就會讓那個女孩跑回來。

另一邊的愛爾娜目睹艾諾挨揍，又流了更多眼淚。

愛爾娜不知道該如何是好，內心糾結著是否要出面老實報上姓名。然而，皇帝響徹四周的怒吼讓她好生畏懼。

「來人！把我這愚不可及的兒子關進牢裡！一星期都別放出來！我連他的臉都不想看見！」

「……萬分抱歉……」

艾諾只是道歉，並不會替自己抗辯。愛爾娜看著艾諾被人帶走，便領悟到自己已經無能為力，鑽出通風口以後就全心全意地疾奔。愛爾娜在城裡一邊哭一邊跑，才總算找到了身為勇爵的父親。

「愛爾娜，妳去了哪裡？」

「父親大人！父親大人！皇子他……皇子他……！」

「慢著慢著，妳要冷靜。冷靜下來再說話。」

被父親開導的愛爾娜一邊流下大顆淚珠，一邊說明了事情的前因後果。只見父親的臉色逐漸蒙上陰影，愛爾娜心裡又被不安籠罩了。

2

「來龍去脈便是如此，陛下。一切都是小女闖的禍，責任在於我沒有顧好她。」

勇爵來到正跟重臣們研議今後之道的皇帝跟前，坦言後低頭謝罪。

一旁的愛爾娜也低著頭。

據此重臣們紛紛道出了對艾諾的不滿。

「倘若有這麼回事，皇子大可明說才對……」

「勇爵家的名譽固然重要，皇族的威望更要緊！然而，此事既已發生在大使面前，總不能現在才改口說是誤會一場！」

「事態複雜了……對方以皇族失態為由，態度甚是強硬。假使勇爵要替令嬡負責，皇帝陛下就須為皇子負起責任。為何他不明白呢！」

「通風口能通行，原本就是艾諾特皇子搞出來的花樣。單論這一點即已非同小可！那個皇子究竟在想什麼！真受不了！」

「問題已不只是寶珠損毀，物品毀於皇族之手這項事實才是重點。如果對方指稱帝國無意與其交好，到時可就百口莫辯了！」

眾臣紛紛指責艾諾。愛爾娜想告訴他們不是那樣，有錯的是她自己。然而，愛爾娜也曉得她並沒有立場說這種話。

因此愛爾娜眼裡盈著淚，一直默默地忍。

皇帝看她這樣，並且嘆了氣。

「我知道艾諾是在護著某個人，卻沒想到會是勇爵的女兒。」

「原來您知情？」

皇帝對勇爵的問題點了點頭。

「裝寶珠的盒子設有防禦魔法，劍再怎麼精良，憑艾諾特也無法將其斬斷，所以我向他確認過一次。那傢伙依然堅稱是自己闖的禍，當著大使面前，我總不能毫無作為，情非得已。」

皇帝深深嘆息，並靠向背後的寶座。

原先的規劃亂了套，即使再次準備寶珠，皇國應該也不會接受。對方將會把皇族出的醜當成把柄，改而要求礦山之類的資源才對。話雖如此，當時若是派人調查真相，大使就會以存疑的眼光看待此事。調查到最後，就算老實告知是愛爾娜所為，也沒辦法取信於人，可以想見大使並不會相信這一套。

既然艾諾當時在場，要解圍別無法門。皇帝心裡也有數，因此才會下令將艾諾打入牢房。

「勇爵，就這麼回事。很抱歉，縱使愛爾娜老實招認也於事無補。如今我根本不能赦免艾諾特。」

「怎麼會……！」

愛爾娜忍不住作聲。現場眾人將目光轉向她。

受到冷漠的大人注目，愛爾娜怕歸怕，卻沒有將視線轉開。

在這般情境下，有個女子來到現場。

「我不認為對待小孩該用這樣的視線呢。」

身穿黑色禮服的黑髮女子一開口便這麼告訴眾人。

皇帝的第六妃子兼艾諾的母親，其名密葉。

為何她偏偏挑這時候到場？重臣們同時板起了面孔。畢竟她身為人母，必然會要求將艾諾從牢房放出來。

密葉卻一反預期地對艾諾隻字未提，只是走向愛爾娜身邊。

「妳就是勇爵家的千金？」

「是、是的……」

「虧妳有勇氣吐實，了不起。能替妳頂罪，我想那孩子進牢房也是心甘情願。」

密葉一邊這麼說一邊露出笑容摸了摸愛爾娜的頭。

此情此景令重臣們瞠目，皇帝則苦笑以對。

「密、密葉大人……您來這裡不是為了艾諾特殿下嗎？」

「我只是奉召而來，並沒有打算幫艾諾說話。那孩子有自己思考過，才袒護了這個女孩。既然如此，他當然要承擔原本該由這女孩受的罪。艾諾明知頂罪的後果，那是他應盡的責任。」

「您、您說的固然有道理……」

「況且由我向陛下求情，讓艾諾從牢裡出來又有何助益？那孩子可是下定決心才替她頂罪的，要是到最後被母親搭救可就顏面盡失了。艾諾本著自己的判斷幫了女孩，當中有功歸他，我不打算和小孩搶功勞。再者，就算艾諾在牢房裡感到後悔，我想那也對他有益。如此他應能領悟助人並非兒戲，更能體會自己平時所處的環境有多優渥。」

密葉這套稱得上冷漠的思維讓重臣們無語了。被打入牢房的明明是自己兒子，而且還貴為皇子，密葉卻能從容表示那是他的責任，這有違常情。

畢竟重臣們認識的眾多妃子都對自己生的小孩疼愛有加。

「將密葉召來的是我。原本只要妳求情，我倒是有意將艾諾特從牢裡放出來。」

「不必，我一向放任那孩子。而我都會叮嚀他，行事之際要自己負責任。耽於玩樂不進修是他的自由，不過，學不到知識便是他要負的責任，遭受旁人批評看扁同樣是他要負的責任。這次的事亦然，那孩子會對自己的行為負責。結果，他袒護這個女孩，被關進了牢房，一切都由他負責承擔。」

「呼……妳言下之意是要我別饒艾諾特吧。」

皇帝為難似的搔頭。他身為皇帝不能溺愛小孩，才會將孩子的生母密葉召來。畢竟由做母親的為子求情，此事便可網開一面。

然而，實際想放人的卻是皇帝，不希望放人的則是密葉。換成其他妃子絕對不可能出現這種局面。

「密葉大人，您所言甚是，但這次正是因為放任皇子的教育方針才釀成了大禍，還請您別對艾諾特殿下過於放縱。」

「有何問題呢？要交給皇國大使的寶珠再拿就有。相較於其他皇子皇女，艾諾是個花費不多的小孩，他省下的開銷要換一顆寶珠想必綽綽有餘。」

失當的措辭使得先前發言的外務大臣臉孔緊繃。

密葉原為舞孃，鄙視其出身的大臣及貴族並不在少數。即使表面仍保有禮節，他們內心只當她是飛上枝頭的麻雀。密葉若能更加含蓄，大臣們還可以用笑容應對，然而她卻是一名再客套也無法以含蓄來形容的女子。

「問題不在於金錢。現在單憑寶珠已經滿足不了皇國的大使。」

「這樣的話，何不請他回國？」

「唉……真是。與密葉大人談政治，是我思慮不周。」

這是幾近於在皇帝眼前侮辱妃子的一句話。宰相法蘭茲有意斥責外務大臣的措辭失當，皇帝卻伸手制止。

接著皇帝玩味似的看了密葉。

「談政治？我確實不了解政治。不過，我若是大臣就不會對規劃有欠周詳的這場仗表示贊同。向佩露蘭王國出兵，與其有邦交的阿爾巴特羅公國會從海路提供支援是可以想見的事。明明在前線已數度切斷王國的補給，由海上而來的資助卻讓戰功成為泡影。原本應先透過外交牽制住阿爾巴特羅公國，並且跟索卡爾皇國締結互不侵犯條約以後再發動戰爭。幕僚居然未經事先布局就贊成大動干戈，實非我所能為。」

「這、這個嘛……」

「當然，連不諳政治的我都知道這些，英明的外務大臣定然也有通盤了解。當前的情勢想必全在預料之內，面對索卡爾皇國總不可能只剩自我矮化的外交手段。能否請你指點不諳政治的我，要打破現況該祭出何種對策？」

「……是、是我失言。懇請您饒恕……」

外務大臣說完就低頭賠罪了。大臣中有半數投以同情的眼光，另一半則是露出看待蠢貨的眼神。

在眾妃當中，曾經行遍諸國的密葉尤具見識。她並非深閨裡養育出來的女子。如果把密葉想得跟其他妃子一樣，肯定會被狠狠地還以顏色。

密葉駁斥得乾脆俐落，皇帝看了便滿意地點頭。

可是，這會兒密葉把舌鋒轉向皇帝了。

「陛下，正巧有這個機會，容我向您稟奏。」

「嗯……妳、妳有什麼要說？」

「帝王應有帝王之風。我不記得自己嫁了一位得看他國臉色的貴人為妻。」

可謂辛辣的言詞讓皇帝板起臉，法蘭茲則在旁邊扶額。

而密葉對他們倆說道：

「提議將寶珠交給索卡爾皇國，藉此爭取時間的可是宰相大人？」

「正是，密葉大人。」

「顧及帝國處境，這應為妥當的判斷。不過，自我矮化的外交會讓對方恃勢而驕。自陛下繼位以來，帝國未曾改過強勢的態度。此時若對外示弱，我倒覺得會肇生莫須有的誤解，不知宰相大人認為如何？」

「您說得是。但在跟佩露蘭王國立約停戰之前，總不好與皇國另生事端。」

「那麼，何不派外務大臣出面即刻談妥立約停戰一事？」

沒想到會被點名的外務大臣內心一驚。

不許說辦不到——密葉話裡表達了這樣的意志。因為開戰後仍要確保與敵國的外交管道，這是外務大臣的職責。

「那樣做的話，對方可能會乘虛而入。」

「總比繼續膠著下去好吧。要擊潰從海路得到資助的佩露蘭王國可是難如登天，何況佩露蘭王國應該不會認為帝國有虛可乘。在我看來，只要帝國明示自身定位，對方就不會自找苦吃。」

「何謂明示定位？」

「我是指保護亞人的立場。陛下於接納矮人之際就採取了這樣的立場，帝國是為了保護亞人才與佩露蘭王國即刻立約停戰。如果各國都有這種共識，佩露蘭王國乘虛而入就會招致國內外的不滿。」

旅行過各地的密葉深知民情。

皇國境內幾乎沒有亞人，反觀帝國及王國境內都有眾多亞人居民。既然如此，兩國在問題牽扯到亞人時唯有一途可選。

「這不是您一度決定的事嗎？帝國要保護亞人，為什麼會受到動搖呢？」

「我是為國家著想。」

「為國家著想，您身為皇帝就應該堅定不移。陛下，小孩比大人所想的更有心思，艾諾也有許多屬於他的心思才對。他會為帝國設想，為陛下設想，也會為哭泣的這女孩設想。設想過一切以後，那孩子做出了自己頂罪的覺悟。欺瞞皇帝，傷害皇族的名譽，兩者都是皇子不該有的行舉，但是那孩子展現了自己身為皇子、身為男兒的覺悟，並且貫徹到底。即使有許多人責怪那孩子，我還是想誇獎他，因為他展現了自己確實有資質當皇子，貫徹自己拿出的覺悟。這對皇子來說理當是一大要務，對皇帝來說也是。自己的兒子能辦到，陛下斷無辦不到之理。」

聽完密葉這段話，皇帝朝天花板望了片刻，接著深深吐氣。

自從矮人國度遭受侵略後，始終深鎖的眉頭就此放鬆。

他想開了，藉著自己的妃子說的話與自己的小孩所採取的行動。

「法蘭茲，你有什麼要反駁的嗎？」

「我的愚見仍是走求全之策……但我明白這與陛下的信條相違。」

「嗯。密葉說得對，艾諾總歸是貫徹了他的覺悟，而我希望予以接納、認同。除了我和密葉，還有誰能接納認同他？我們是那孩子的父母，因此非得有為人父母的擔當。父不如子，便無胸懷予以接納與認同。我身為人父、身為皇帝，就要拿出值得他驕傲的風範。」

皇帝一臉豁然地告訴眾人，法蘭茲在旁深深嘆了氣。之前他好不容易才讓求全之策被採納，誰知結果竟會如此。

心中有怨的法蘭茲看向密葉，密葉卻已旋踵離去。

法蘭茲見狀便低聲嘀咕：

「陛下，我算是怕了密葉大人……」

「真巧，我也是……」

「那您怎麼會納她為妃呢……？」

「我認為她是個好女人……我的眼光並沒有錯。」

皇帝看似滿意地點頭，並且起身。隨後他開始下達指示。

「將所有近衛騎士團的隊長都叫來。先讓勇爵退下。不過若有萬一，我會立刻喚他過來，做好準備便是。」

「遵命！」

「還有，把艾諾特帶來這裡，我得讓他見識才行。見識皇帝的英姿。」

皇帝說完便揚起嘴角笑了。看皇帝這麼孩子氣，法蘭茲一面感到傻眼，一面照吩咐動了起來。

■■■

謁見廳裡有皇帝與宰相，還有近衛騎士團的隊長們排成一列。

被帝國引以為豪的強者們包圍，大使略顯緊張地問道：

「陛、陛下……請問您究竟有何事相談……？」

「嗯。先前是我兒子有失於禮，所以我國準備了新的寶珠作為補償，有請大使閣下帶回皇國。」

「關於此事……陛下，我國確實需要寶珠，然而從矮人之國已經取得數量可觀的寶珠。目前，我國需要的是矮人們用以加工的技術，希望帝國能將矮人移送過來，抑或另行餽贈價值足以比擬之物品。否則我只得向皇國稟報，帝國並無意願與我國交好。」

「嗯……那你就照此回稟吧。」

「……什麼？」

大使原本仍得意在心頭，一瞬間未能理解皇帝所說的話。

然而，他承受到皇帝的銳利視線後就會意了。

「……敢問您的意思是要與我國為敵？」

「正是。按帝國習俗，一度迎來貴客就不會將其逐出。既然寶珠無法令皇國滿意，再交涉下去應該也沒有意義。」

「……帝國和王國正在交戰，要與我國相鬥，想來並非上策吧？」

虛招。大使如此解讀皇帝的言行。

那只是故作強勢，而非決意與皇國一戰。

由於大使心裡這麼想，臉上便不改從容，但他萬萬沒料到——

「我已向王國派出停戰的使者。這場仗乃為保護亞人，王國想必也能理解。」

「怎會……」

「非要我直說才能取信？那我告訴你，流亡至我國之人便是我的子民。此時此刻，於帝國境內扎根者皆屬我要保護的民眾，我不打算把他們移交給任何人。貴國想要的話，儘管來搶。但如果要搶，記得帶著相應的覺悟過來，屆時我將會親率在場的近衛騎士團迎敵。」

大使的臉頰流下一道冷汗。帝國近衛騎士團。皇帝將率領這支由以一擋百的強者所組成的騎士團，代表帝國是認真要動手。

就算派了停戰的使者到王國，事情也不可能立刻談妥。皇國若趁機進攻，就能迫使帝國兩頭接戰。

然而，皇帝卻明言那樣也無妨。

「……您打算請動帝國自豪的勇爵家嗎？」

「不錯。」

「……胡亂動用聖劍，外邦諸國會如何置評可就不好說嘍。」

「這一戰旨為保護亞人，大義名分在我方。即使將屬於人類財產的聖劍用於戰爭，他國也無從非議，縱使皇國毀滅亦然。」

大使從皇帝的話裡聽出了覺悟。要開戰就會把手段用絕。這名皇帝甚至帶著消滅皇國的覺悟與之會談。

儘管大使懾於皇帝的氣焰，還是嘴硬地說道：

「您將會為此後悔……！」

「別小覷帝國。我國不會看他國的臉色，更不會低聲下氣。戰爭根本沒什麼好怕，然而被當成遇事怯懦我就無法忍！我統領的帝國是強盛之國，而我是強人皇帝！你大可回國稟報，此次交涉失敗了。」

大使遭到皇帝喝斥，便帶著不甘而皺起的臉從現場離去。皇帝讓那幾名近衛騎士隊長都退下，跟著就叫來在謁見廳角落目睹一切的艾諾特。

「艾諾特。」

「是，父皇……」

艾諾特來到旁邊，而皇帝輕輕把手擺在他頭上。

隨後皇帝緩緩摸了摸他的頭。

「這就是你父親的工作，做出決策。皇帝的職責在此。無關於善惡，決策就是我的工作，將其具體實現則是臣下之職。」

「我們為臣的可有苦頭吃了。」

「原諒我，法蘭茲……我非得讓艾諾特見識這一幕，見識皇帝應有的風範。聽好，艾諾特，將來當你志在稱帝或者想助誰登上帝位之時，要想起我今天的模樣。若你志在稱帝，我便是楷模；若你想助誰登上帝位，定要擁戴與我相近之人。皇帝一展雄風是給你的獎勵，不過，你仍然要進牢房。懂了嗎？」

「是！」

艾諾看皇帝使壞似的笑了笑，就跟著露出相似的笑容。

法蘭茲看他們這樣，內心想著父子倆可真像，一方面也想到往後等著自己處理的龐大政務，心情因而黯淡下來。

到了現在。

「母親大人，為什麼這裡會有半顆寶珠當擺飾呢……？」

「那是象徵幸運的寶珠啊。」

「象徵幸運？明明只剩半顆？」

「對呀。託那顆寶珠之福，艾諾才獲得了屬於他的寶物。」

密葉這麼回答坐在自己腿上的葵絲妲，並想起往日發生的事。

■■■

在皇帝下定決心後，愛爾娜追到了密葉後頭。

而且她與勇爵一起深深地致歉。對此，密葉的回應是：將來那孩子若碰到困難，妳要幫忙他喔。

至於愛爾娜這邊，則是跟勇爵借了劍向密葉立誓。

她發誓，自己不會再棄艾諾特皇子於不顧。

艾諾那天的行為讓他得到了帝國最強之劍，儘管他本人渾然不覺。密葉則刻意不提那天的少女就是愛爾娜，因為她認為愛爾娜遲早有一天會自己告訴艾諾。

「艾諾皇兄得到了什麼樣的寶物？」

「劍，十分出色的劍。雖然他好像使不來。」

「的確。他跟劍並不相稱。」

葵絲妲和密葉說完便對彼此笑了，過程中密葉仍惦記著艾諾。

艾諾見識了理想中的皇帝典範。正因為這樣，他才想擁護李奧登上帝位。

畢竟對艾諾而言，帝位是一個讓他遠觀而非親臨的位子，因此他不會想自己稱帝。

即使說艾諾現在的夢想就是看李奧風光稱帝也不為過。正因如此，密葉有些擔心。

她覺得在艾諾描繪的未來藍圖當中，似乎並沒有艾諾的身影。

「報告。剛才有快馬捎來信息，據說李奧納多皇子與艾諾特皇子已經回國。」

「真的嗎！」

「哎呀，那該去迎接妳的兩位皇兄才是。」

密葉說完就把自己的小小憂慮擱到內心一隅。

現在還不是操煩的時候。

「咳咳……真冷呢。我披件外衣再去吧……」

「您又感冒了嗎？」

「對呀。很快就會好。」

說著，密葉和葵絲妲便手牽手前往迎接兩位皇子。

3

謁見廳裡有重臣及皇帝的子女集結聚首，李奧則在當中稟報這次我們出使的首尾。我姑且也跟在李奧後頭下跪，卻沒有什麼話可說。

「討伐海龍後，已再次確認阿爾巴特羅公國與隆狄涅公國維持其同盟關係。短期內南部應不會發生戰事。」

「嗯，辛苦你倆了。這次交代的任務比我料想中更加勞神。不過，你巧施手段克服了，居功厥偉。」

「謝父皇。」

稱讚李奧的父皇顯得很滿意。這是當然。

免去了被南部戰事波及的風險，又透過討伐海龍宣揚帝國聲威。阿爾巴特羅公國更向帝國表示有意願正式建交，這次出使可說滿載而歸。

而且這些都會算在李奧的功勞。

「我得論功行賞才是。李奧納多，你有所求嗎？憑這次功勞，即使要求取大臣之職也行喔。」

這一瞬間，大臣們和上頭的皇兄皇姊臉色都僵凝了。

任大臣之職的皇族只有埃里格，父皇之意是要拉拔李奧到與其同等的地位。

分屬各派的大臣當然不用說，戈頓、珊翠菈應該也會覺得不是滋味。

埃里格到底沒有改變表情，然而眼鏡後頭的目光仍顯得比平時更冷酷。

但是，獲得半吊子的權力將造成我方行事不便，而且難保不會引來各派圍剿。現在工務大臣已經是我方的人了，沒必要特意謀取大臣之職。關於這點我有跟李奧商量過。

「承父皇美言，但我目前無法勝任大臣之職。」

「是嗎？那你另有所求嗎？」

從父皇的立場也不能完全不行賞。

要不然往後功績低於李奧的人就領不了獎賞，李奧非得領賞才行。畢竟李奧納多皇子都辭謝獎賞了，底下的人只得跟著辭謝。

「是。其實在出使公國之前，曾有南部出身的少女懇求我幫忙解決村子裡的問題。當時我表示自己另有大使之責而無法即刻協助，但現在已經平安歸來了，因此我希望能幫那名少女解決問題。」

「哦？剛結束一樁差事又要奉公？勤奮的傢伙。你不這麼覺得嗎，艾諾特？」

「是的，這我學不來。」

「呵，或許吧。所以呢，她村裡的問題是什麼？」

「據傳有劫匪擄人。」

「為何她沒有向領主求助，而是來找你？」

「……問題發生於流民村落，聽說領主不願出面解決。」

「你說什麼？」

原本心情大好的父皇臉色一瞬間變得嚴肅。

十一年前，與索卡爾皇國對壘的父皇曾經聲明所有流亡來的難民都是帝國子民。換句話說，當時存在的流民村落都歸帝國管轄。

「你提到的村子是從何時開始存在？」

「據說在少女出生前就有了，我想十一年前便已存在。」

「竟敢欺下犯上！難道那裡的領主不屑聽我的旨意！」

父皇激動得從寶位起身，在場所有人都跪地向父皇低下頭。接著宰相法蘭茲代表眾人開了口：

「請息怒，皇帝陛下。」

「這叫我怎麼冷靜！十一年前，我就對所有領主發下了號令！全體流民皆屬帝國的子民！下級卻沒有恪守！當地領主不把號令當一回事，就等於不把我當一回事！」

「現在還不能確定內情是否如此。正因為這樣，李奧納多皇子才會表示想要徹查當中情事。」

「不成！我會親自查辦，倘若屬實，就要那個領主提頭來見！」

「由皇帝一一介入邊境之事，國政將無法運作。請您將此案交給李奧納多皇子。」

法蘭茲的建言似乎鎮住了這把怒火，父皇一臉焦躁地坐回寶位。

感覺照這樣只要等李奧奉令調查南部就可以了結，卻有兩個多事的人出現。

「陛下，李奧納多剛執行完任務，此案請交給我辦。」

「不，陛下，最好別讓剛交差的李奧納多或者身為女流的珊翠菈接手，由我去吧。這陣子我筋骨閒得發僵，我會代帝國執法給您瞧。」

率先請命的人是珊翠菈，這很合理。珊翠菈生母的老家可以在南部地區呼風喚雨，如果南部出事，對珊翠菈的陣營會是一大打擊。

接著發言的戈頓恐怕是等不及要立功了。戈頓雖身為將軍，但戰事不興就無法建立功勛。

然而，他們倆都應該先看過父皇的臉色再進言。

「你倆！難道是想把這樁問題當成爭奪帝位的道具嗎！」

父皇說著又激動起來。他們太急著貪功了，流民問題對父皇來說可是煩惱的根源。

就算皇帝曾宣言，也不代表全體流民都會被認同為帝國子民。姑且不提帝都及其周圍，在邊境對於流民的歧視仍舊根深蒂固，像琳妃雅出身的村落發生的這類問題並不算罕見。

琳妃雅會因此直接找上帝都才是這次令人覺得稀奇的環節。她打著找皇族談就能解決問題的盤算，只能說實在厲害。

確實如她所料。對父皇而言這是攸關顏面的問題，爭奪帝位者只要處理得當，就能給父皇良好印象。

「這樁問題不屬於你倆，而是我的心頭大患！休想利用此事來爭奪帝位！不成材的東西！珊翠莅！妳母親是南部出身！此事也許就與她有密切關聯！妳起碼要知道避嫌！戈頓！我不可能把細膩的問題交給一向只會蠻幹的你！你倆就不懂得動動腦袋嗎！」

「「萬、萬分抱歉……」」

遭斥責的兩人異口同聲地後退一步。

或許是因為有幾分怒火已經發洩在這兩個人頭上，父皇吁了口氣，然後表情冷靜地看向李奧。

「李奧納多，我任命你為巡察使。給我將南部邊境的問題查個水落石出。」

「是！」

「不容許任何妥協，我要看到所有罪狀都見光。擄人在帝國屬重罪，坐視這等問題亦屬重罪，你別對涉嫌人物留情。」

父皇語氣堅毅地對李奧如此下了命令。

轉眼望向珊翠菈和戈頓，從他們臉上看得出焦慮。照那副模樣看來，事情與珊翠菈母親的老家關係匪淺。要是正如琳妃雅所說，擄人一事與領主有關聯，倘若背後又有珊翠菈母親的老家在主導……

這樁案子將會變成極為棘手的難題，但只要解決得了，就能給予珊翠菈重重一擊。她可以好好後悔自己沒有趁我們不在時擊潰李奧的派系。

本次出使公國讓李奧於名於實都成了角逐帝位的人選，與他同一陣線的人應該也會增加。政敵已經無法輕易擊潰我們，根基逐漸穩固，真正的搏鬥接下來才要開始。

「會議到此結束，所有人都退下。」

由於父皇這麼宣布，我也準備跟著退下。可是——

「艾諾特，你多留一會兒。」

「咦？」

「你留下。」

「是……」

為何只點名我……

心裡這麼想的我當場留下。於是謁見廳剩下我、父皇和宰相法蘭茲。

在我猜測會被說些什麼的期間，父皇曾難以啟齒似的數度開口，最後還是轉念將事情推給法蘭茲。

「法蘭茲！交給你了！」

「您不是說過要親自交代？」

「你只管說就是了！」

「唉……艾諾特皇子，留你於此是要討論人在東部國境的第一皇女殿下。」

「皇姊怎麼了嗎？」

「其實……有人想找她提親。」

「恕我愛莫能助。」

我立刻回絕，父皇和法蘭茲就露出喪氣的表情。

真受不了。光看他們這副表情，八成沒有人會認為這兩位是帝國皇帝與宰相。

「別、別這麼說……陛下有三位女兒，葵絲妲殿下年歲尚幼，而珊翠菈殿下始終都表示不會跟人成婚。」

「就算這樣，找皇姊提親也太荒謬了。她可是掌管東部國境全軍的元帥耶，全帝國僅僅三名的元帥喔，能命令她的只有父皇啊。」

「就算我有權命令，再耽誤下去還有誰肯娶她！那孩子都已經二十五了！」

「既然父皇這麼想，親自跟皇姊說明白不就好了！」

「我寄過好幾封信了！也被拒絕過好幾次了！到最後她甚至揚言寧可放棄皇族身分也不接受提親！那個不孝女！」

「她本人不想結婚就算了嘛……」

「我是她父親！我有義務為女兒的將來操心！聽著，艾諾特！你跟葵絲妲感情好，連那孩子都中意你。總之你寫封信設法說服她回來帝都就對了。辦不到的話，就由你去東部國境找她！」

這道命令未免太不講理。與其命令我做這種事，還不如下詔將人召回。

我明白父皇不那麼做的理由，因為他不想在下詔後被第一皇女討厭。長姊與葵絲妲都是父皇最愛的第二妃子所生，長姊的相貌與第二妃子尤其相似，父皇捨不得凶她。

我發出嘆息，並且無奈地答應。應該說，也只能答應下來了。

唉～～我有預感又會很麻煩。

4

「要幫第一皇女殿下撮合親事？」

「是啊，事情難辦了。」

回房以後，菲妮就端了紅茶與點心迎接我。

我拿來解饞，一邊深深嘆氣。

「我沒見過那位皇女，卻聽過好幾次傳聞。輾轉征討各地，立下眾多汗馬功勞的姬將軍。據說其武威遠揚他國，甚至獲封為帝國最強。」

「那可沒有誇大喔。實際上，東部國境自五年前有她駐守以後，索卡爾皇國就無法採取任何動作了。畢竟國境守備從根本得到了改革，變得更加牢不可破。」

「名不虛傳呢。請問她為人如何？」

菲妮一邊將紅茶注入空杯一邊發問。

我道過謝，喝起紅茶，並且思考該如何形容皇姊的為人。

嗯～～……

「一言以蔽之，就是軍人吧？」
「軍、軍人……？」
「對啊，軍人。她並非騎士，而是軍人。皇姊體現了這一點。」
「我沒辦法想像耶……」
「我想妳見過以後就會懂。她並不是像愛爾娜那樣的騎士，她是軍人，把戰場當成情人。沒有所謂一對一的美學，只要能贏就好的思維，這套觀念被她貫徹到底。當身為皇太子的長兄逝世時，那個人早早就聲明自己不會參與帝位之爭。她還說無論誰稱帝，自己都會以元帥的身分效勞。」
因此軍方的人大多轉而擁戴戈頓了。
對想立下戰功的軍人來說，跟軍方有關的皇族登上皇帝寶座會比較好。皇姊正是首選，戈頓次之。
假如皇姊有參與帝位之爭，此刻戈頓應該已經被她納入旗下。
「武官不干政，心中唯記保衛國家。她認為軍人就要如此處世才正確，而且也親自實踐了。」
「總覺得和傳聞中不太一樣……我聽到的形容都更加光鮮亮麗……」
「是很亮麗啊，高大的金髮美女，光是待著就有將周圍目光吸引過去的魅力。雖然氣質完全不同，跟妳倒有類似之處。」

「咦……謝、謝謝殿下。」

菲妮不知怎地臉紅低下頭。當我覺得奇怪時，瑟帕就出現了。

「因為您用美女一詞讚美自己的姊姊以後，就說她跟菲妮大人類似，菲妮大人才會感到不好意思。畢竟這等於被您稱作美女。」

「她早就聽慣這種詞了吧？還會難為情嗎？」

「會、會的！當然……是因誇獎的人而異……」

「是喔？搞不懂耶，妳那種情感。」

瑟帕不顧菲妮仍在害羞就把資料遞給我。我事先要瑟帕調查了這次談親事的對象。父皇要結親總不可能亂挑人選，但男方萬一屬於皇姊討厭的類型，到時候難保不會連我都跟著挨罵。

話雖如此，就我所見並無古怪。想想也對，對方可是來向皇姊提親的耶。

「敢向那位皇姊提親，可見對方也膽識不凡。我說這個想跟皇族結親的男人。」

「您說得是。皇女殿下既為常勝無敗的姬將軍，其美貌更被讚譽和皇帝的第二妃子別無二致，皇帝陛下也對她寵愛有加。」

「瑟帕先生提到了第二妃子，表示她與葵絲妲殿下……」

「兩位皇女是同一名母親生下的姊妹。第二妃子在世時有著一襲美麗的金髮，性情溫和，待任何人都溫柔親切，因此我對她印象深刻。」

「父皇會中意菲妮應該也跟這有關。畢竟皇姊長大後的性格與生母恰恰相反，父皇大概是把菲妮當成了但求女兒能如此培育長大的願望象徵。如果皇姊與菲妮站在一塊，要問到誰是第二妃子的女兒，毫不知情的人肯定會選菲妮才對。」

「是這樣嗎？我覺得好光榮。」

菲妮真的覺得那是一種光榮吧，她露出滿面笑容。

這種坦率的性情八成也在父皇心中得了高分。

「哎，就因為我有這麼一位皇姊，父皇才在操心她嫁不嫁得出去。畢竟她是長女，即使有人想向珊翠菈提親，被推託上頭姊姊還沒嫁也就無話可回啦。」

「皇帝陛下本來就不甚喜愛第五妃子，對於珊翠菈殿下的結婚對象也不關心吧。」

「不甚喜愛？我聽說皇帝陛下是平等地愛著所有妃子耶。」

菲妮對瑟帕說的話偏頭表示不解。

嗯～～我不確定這方面的內情是否可以告訴菲妮。

當我苦惱時，瑟帕跟我對上了目光，於是他靜靜點頭。原來如此，他提到這件事的用意就是要我把內情說個明白。

哎，既然瑟帕這麼想，我倒沒有異議。
「父皇表面上是如此對待他的妃子，對小孩也是一視同仁。不過，第五妃子身邊有某項始終擺脫不掉的傳言。」
「傳言？」
「有說法懷疑暗殺第二妃子的元凶，會不會就是第五妃子。」
「妃子之間會下這樣的毒手……？」
「在後宮裡不算鮮事，不過要在帝位之爭開始後，或者產下子嗣之類的重大轉變期才有這種事情。當時早就立了皇太子，葵絲妲也已經出生，只生過皇女的第二妃子即使受皇帝寵愛，地位也無足輕重，所以她並非爭權者不惜暗殺也要除去的人物。」
「既然如此，為什麼會有那樣的傳言？」
對，這正是重點。沒有道理被暗殺的妃子，人卻突然死了。調查過仍找不出死因，最有嫌疑的則是第五妃子。
「第二妃子與第五妃子年齡相近，又同為公爵家女兒，什麼都容易被人拿來比較。然而，有別於父皇中意才納入後宮的第二妃子，他與第五妃子的婚姻是基於政治考量。儘管雙方的第一胎都是女兒，先生產的仍是第二妃子，而且在兩名女兒中，風評較好的也是第二妃子所生。珊翠菈從小就很優秀，性格卻有問題。第五妃子算是對此懷著心結吧，她曾單方面把第二妃子當成勁敵。」

「這就是冒出傳言的原因？懷疑她因為嫉妒而暗殺對方？」

「無人明白，畢竟第五妃子有明確的不在場證明。第二妃子死亡時，第五妃子是跟皇后在一起。她不可能直接下殺手，調查以後也找不到與他殺有關的證物。即使如此，第五妃子仍遭到懷疑的原因在於她是珊翠菈的師父。」

「珊翠菈殿下的師父？」

「我所使用的是古代魔法，換句話說就是失傳的魔法。另一方面，廣傳於世的則是現代魔法，當中珊翠菈擅長的叫禁術，宣揚現代魔法的先人所禁止的魔法。」

即使稱作禁術，水準也是參差不齊。有的魔法讓人納悶為什麼會被禁，有的則讓人覺得確實該禁止。珊翠菈就是在從事這一類禁術的研究，並且替有益於帝國的魔法解除禁術認定。

珊翠菈願意替各類魔法解除禁術認定，對魔導師來說相當難能可貴。畢竟可學習的魔法會變多，就算水準參差不齊，到底是曾經被指定為禁術的魔法，大多效力強猛。

而且頭一個從事這種活動的人，就是身為珊翠菈母親的第五妃子。

「發現遭禁止的魔法有用，珊翠菈就會呼籲不要把那視為禁術，然而無論怎麼想，她在研究過程中還是會學到有危害的禁術。當然，身為她母親的第五妃子也一樣。人們懷疑在那些禁術當中，會不會就有咒殺他人的技倆，這便是傳言出現的原因。」

「請問有那樣的魔法嗎？」

「不曉得，我只會用古代魔法啊。要發掘的話或許會有啦，凶惡得即使由皇帝調查也找不出死因的詛咒魔法，就算成了禁術也不足為奇，而且能夠發掘出那等禁術的人，頂多只有網羅了全大陸禁術魔導書的第五妃子和珊翠菈。」

「可是……萬一有那樣的魔法不就……」

「對，要暗殺任何人都不成問題，所以僅止於有嫌疑。可是，皇太子在三年前也死了，雖然經過調查，卻找不出暗殺的證據，跟第二妃子死亡時一樣……從那以後，父皇始終對第五妃子投以存疑的目光。由於全無證據，表面上他並不會禁止珊翠菈研究禁術就是了。」

珊翠菈的研究活動交出了成果，這項事實應該也是未予禁止的理由。

有幾種魔法在解除禁術認定以後，已經被引進軍方當成軍用魔法，或者對研發新的魔導兵器有貢獻。

既然我國與魔導大國索卡爾皇國比鄰，胡亂禁止這類研究活動的話，難保不會導致魔導師人才外流至皇國。父皇應該也有他兩難之處。從個人情感思考，他是會立刻要求中止才對。哎，那個人身為皇帝就是傑出在不將情緒顯露在外。

「對理應不會被暗殺的第二妃子懷有私怨，又有能力暗殺而不留證據的人物。她是因為吻合這一點才遭到懷疑的，對不對？」

「就這麼回事。不過，終究是臆測，沒有任何證據。皇太子死亡時，第五妃子還有珊翠菈都在帝都，皇太子則在前線，再怎麼說也太過牽強，八成連古代魔法都沒有這麼長距離的詛咒魔法。然而要當成懷疑他人的材料卻已經足夠。」

而珊翠菈母親的老家位於南部，李奧就是要去那裡一探究竟。

巡察使這種揭發不公的職務正適合李奧。李奧個性認真，連細微竄改都不會放過。可是，生出那種女性的家族在南部地區握有勢力。

希望別發生任何亂子就好，這次我沒辦法公然幫助他。

在同一時期分別派任務給我們，應該也是為了測試個人的能耐。

「我只能暗中伸出援手了吧。」

「那就沒問題啊。艾諾大人一向都這樣不是嗎？」

「的確啦。」

我說著露出笑容，並且吃起菲妮端來的美味點心。

5

「那麼，下一次重臣會議的方針，就是要提議建設連接東部與帝都的新幹道對吧，貝爾茲工務大臣？」

「是的。要迅速復興遭受怪物損害的東部，必須有直通的道路，而且建設該道路會創造就業需求。話雖如此，這也是靠瑪麗大人準備的資料，我才模仿某位公爵家的事業規劃出來的……」

「好的點子就應該吸收，感謝您願意採用。」

話說完，來到貝爾茲伯爵屋邸的瑪麗恭敬地低了頭行禮。

貝爾茲伯爵看瑪麗既沒有誇耀自己的功勞，還淡然地答謝，便露出了苦笑。

「李奧納多殿下有位得力的親信呢。只要有瑪麗大人，處理政務想必順暢無阻。」

「我仍要學習，照這樣根本還沒有幫助到殿下。」

「您謙虛了。李奧納多殿下的派系不是日漸茁壯嗎？」

「那並不是靠我的力量。一切都歸功於李奧納多大人與菲妮大人的聲望。」

「那兩位確實是功不可沒。李奧納多殿下的英雄事蹟正逐漸傳開，菲妮大人則取得了頗具盛名的亞人商會協助。資金方面有寬裕，派系便得以穩定，而且新入夥的貴族也增加了。不過瑪麗大人，這應該是因為那兩位身旁有妳支持啊。」

「很榮幸得您讚賞，但我真的未有建樹。因為我能做的事情並不多。」

瑪麗說完就再次行禮，然後旋踵從屋邸離去。她所言非虛。瑪麗雖是親信，肯跟隨她這名女僕的人卻不多，即使能輔佐也無力帶領團隊。這便是瑪麗的定位。

而貝爾茲伯爵一面目送瑪麗的背影，一面撫起肚子嘀咕：

「真不好伺候……難道我惹她不高興了嗎……？」

因為他看瑪麗表情絲毫未改，甚至不肯陪笑，就覺得胃痛得不得了。

■■■

從貝爾茲伯爵屋邸離開後的歸途。

瑪麗買完幾樣東西，便捧著袋子往城裡去。

可是，她在駐足後悄悄走進了暗巷。

於是乎——

「嗨！甜姐兒！要不要陪咱們樂一樂啊？」

看準四下無人的那一刻，有三名年輕男子結夥前來搭訕。

無論怎麼看都非善類的小混混。

被那三人搭訕的瑪麗將袋子悄悄放到地上，然後緩緩回頭。

「無所謂，因為我也想找你們幾位玩玩。」

「哎呀！好興致！瞧妳穿女僕裝，我還以為想法會比較保守哩！咱哥們有塊隱密的小地方，就在那——」

疑似帶頭者的男子打算搭瑪麗的肩膀。不過，他的手沒能碰到瑪麗。

「呀啊啊啊啊啊！我的手～～～！」

「從實招來。要你們接近我的是什麼人？」

因為瑪麗從袖裡拿出短刀將男子的手釘到了牆上。

瑪麗面不改色地朝男子眼裡探過來，讓男子感受到死期已近。

「噫……！咱、咱們什麼都不知……」

「若是說謊，你的下場還會更慘喔。我敢不帶護衛一個人出來走動，正是因為實力尚可自保。乖乖給我招。對女僕動手有多恐怖，帝都的混混不可能不知道吧。」

能僱用女僕的頂多只有貴族與豪商，動到這些女僕的話，她們後頭的主子自然不會息事寧人。那不是因為女僕受珍惜，而是面子問題。有人在頭上動土，絕不可輕饒。

帝都的居民都知道這一點，所以瑪麗才會質疑他們。

「剛、剛才，那裡有個黑衣男叫咱們擄妳過去……」

男子說完就用空著的手從口袋裡拿出一枚金幣。

主事者應該是交代抓到人就會付他更多吧。

瑪麗心想主事者手段卑鄙，竟利用這些為錢煩惱的年輕人，並且從錢包裡拿出三枚金幣。

那並非瑪麗個人的錢包，是李奧交她保管的資金。不過要怎麼用都任瑪麗決定。

「為錢煩惱的話，你們就要勞動而不是欺壓弱者。」

「咦……？」

瑪麗塞了一枚金幣到那個男子的口袋，接著也扔給了另外兩人。

把金幣交給對自己找碴的人，這種異常的舉動讓三個小混混感到緊張，因為不曉得瑪麗要對他們做些什麼。

瑪麗卻從帶頭的男子手上拔出短刀，然後迅速為他止血。

「那枚金幣是報酬。我要你們去散播李奧納多皇子在他國拯救了眾多性命的消息，盡可能讓全帝都得知。」

「找咱們幾個放風聲……？」

「轉述事實罷了，沒必要加油添醋。因為這樣能讓我的主子提高聲望。」

「主子……難不成……妳是……」

「我是李奧納多殿下的專屬女僕。連這都不曉得就來找碴，可真是不知死活。」

「當真……」

這些男子原本以為瑪麗是某位貴族的女僕，結果出乎意料的大人物名號使他們渾身發抖。

而瑪麗對他們幾個淡然告知：

「行了，去把差事完成吧。還有，謀生遇到困難就來城裡求助，只要肯規矩過活，李奧納多殿下也不會棄你們這種人於不顧。」

「謝、謝謝！太感激妳了！」

道謝的幾名男子被瑪麗送離現場。

而瑪麗身後倏地冒出人影。

「真是認真工作。沒想到妳會收買敵方的棋子，還讓他們替李奧博得聲望。」

「還不及您，愛爾娜大人。請問您是在巡邏帝都嗎？」

「對呀，我自願來的，畢竟待在城裡沒辦法得知民情。」

「原來如此。我覺得您很有見解。」

「哎，這是學艾諾的啦。他出城玩好像都會順便探訪民情。」

愛爾娜一邊手扠腰一邊回話。瑪麗見狀就微微蹙了眉。

「我倒認為艾諾特大人只是找藉口出來玩耶。」

「這我不否認。可是，該看的他仍然看在眼裡啊。何況艾諾這次到南部也立了不小的功勞。」

「希望如此……愛爾娜大人，說來冒昧，能否請您跟到那些男子後頭呢？」

「因為他們有可能會跟指使抓妳的幕後黑手接觸嘛。行啊。所以呢，照妳料想會是哪一派人馬？」

「十之八九是聽命於珊翠菈殿下的暗殺者吧。或許是因為李奧納多大人立了功勞，最近他們頻頻有動作。」

「明知道十之八九就是對方在搞鬼，卻不能予以譴責，爭帝位真麻煩。換作是我，馬上就會去興師問罪。」

「我方需要明確證據，誰教互找把柄就是政爭的常用手段。」

愛爾娜對瑪麗的回答聳聳肩，隨後就從現場消失了。

而瑪麗在目送對方後回到了城裡。

■■■

「以上是我和貝爾茲伯爵商量的結果。」

「我明白了，謝謝。有妳真是幫了大忙。」

「不會，因為我只辦得到這點事。」

「妳還是一樣謙虛。啊，能請妳也把這個結果轉達給哥嗎？」

「轉告艾諾特大人？我倒覺得沒有必要。」

「拜託妳。」

「既然李奧納多大人希望這麼辦，我會聽命行事。」

瑪麗說完就拿著資料鞠躬，接著離開房間，前往艾諾的房間。

途中瑪麗曾遇見隸屬李奧陣營的貴族，就聽取了幾項報告，並來到艾諾的房間。

「打擾了，我是瑪麗。艾諾特大人，請問您在嗎？」

她敲門等待回應，門立刻開了。然而，出來的人並不是艾諾。

「瑪麗小姐，歡迎。」

「菲妮大人？請問艾諾特大人去了哪裡？」

「他在啊。」

菲妮說完便帶著笑容將瑪麗迎進門。

以菲妮的立場只要說聲「進來」就行了，然而她卻特地出迎，瑪麗不免欽佩其為人之親切。不過，欽佩的情緒隨即消散。

因為艾諾正懶洋洋地在沙發上睡午覺；而菲妮放輕腳步以免吵醒他。

「艾諾大人睡著了，所以有事就由我來接應。」

「……請問他是從何時開始入睡的？」

「不曉得是從什麼時候耶。感覺睡滿久了。」

瑪麗感到有些傻眼，並將資料親手遞給菲妮。

「這是貝爾茲伯爵在下次重臣會議將提出的議案。」

「知道了，我會轉交給艾諾大人。」

「麻煩您代勞。還有菲妮大人……您會不會對艾諾特大人太過縱容？」

「會嗎？我覺得睡眠是疲倦時的最佳良方，想睡就睡比較好！」

「如果艾諾特大人都不辭辛勞地在工作，或許那樣倒無妨，可是他盡愛玩樂睡覺，名聲只會一路下滑。菲妮大人的聲望也難保不會隨之跌落。」

「我不介意。假如因此名聲下滑，跟人疏遠的話，就代表彼此沒有緣分吧。何況，妳別看艾諾大人這樣，工作可是很有熱忱的喔。他喜歡在別人看不見的地方工作。」

「在菲妮大人眼中，似乎任誰都是了不得的人呢……」

瑪麗察覺多說無益，便鞠了躬，然後離開房間。

接著她邊走邊想起艾諾的睡臉。愛爾娜和菲妮都很欣賞艾諾，對他最器重的人則是李奧。

原本瑪麗以為那是出於兄弟之情，可是連手足以外的人都開始稱許了，或許他真有什麼特別的本事。

不過，瑪麗更覺得艾諾可能只是在自我沉淪，這就令人頭痛了。

「原本還以為他像樣了點，若他無法力圖振作，難保不會給李奧納多大人添麻煩。往後應該要規勸幾句才是。」

瑪麗如此打定主意，並且回到李奧的身邊。

6

雖然說我和李奧都被交派了任務，但不代表我們立刻就會從帝都啟程。

行前得做準備，而我還要看皇姊的意願。

這段期間我們都各自在盡力。李奧與權貴會談，拉攏人心；我負責接應亞人商會的代表。

「對方是什麼樣的人？」

「她是個好人喔。」

「我信不過菲妮所說的好人耶。」

「怎麼這樣！」

菲妮看似受了刺激而驚呼。不過，我說的是事實。假如由菲妮或李奧來識人，難保不會變成大半皆善類。他們倆注意他人的優點甚於缺點。

跟我相反。這兩人見到杜勞哥，會先找他有什麼優點；我則會先認定那是個胖子。這就是為人的差異吧。

不過令人哀傷的是兩套思維相形之下，後者比較容易在這世上生存。正因如此，我才想幫他們一把。

「讓兩位久等了，殿下、菲妮大人，商會代表正恭候大駕。」

「之前我就聽說過，沒想到真有精靈擔任祕書。妳任職亞人商會是何緣由？」

在房間前向我們問候的是一名精靈祕書。

雖然聽菲妮等人提過，我仍覺得稀奇。所謂的精靈都聚集在各地的隱世村落過活，處世封閉且在村落周圍設有結界，大多不會踏出村外。即使聽過精靈這個詞的人不少，親眼看過的人也不多吧。

他們既長壽又有清麗脫俗的外貌，據說長老中更有活了千年的精靈。

光是有精靈在外頭與許多人互動就夠令人驚奇的了，對方竟會待在商會擔任吸血鬼(Vampire)的祕書，我有點難以置信。

「我等精靈處世封閉，此乃種族秉性。然而，我卻希望見識外頭的世界。在精靈中我屬於異類，所以我才會離開村落，來到外頭的世界。不過村外遠比我想像的還嚴苛。就在那時候，商會代表接納了我。本商會正是這類亞人的收容所。」

「真是段佳話呢，艾諾大人。」

「假如不是虛構的話啦。」

我刻意用了這種口吻。菲妮用眼神責怪：為什麼您要這麼說呢？但我不放在心上。精靈祕書微微瞇起眼睛。儘管對方稍微壞了心情，還是表示信不信由我而退後一步。

看來說詞屬實。

「失禮了。」

我走進商會代表的房間。先前聽說是經過枯等才見到面，結果這次狀況不同。

「幸會，艾諾特殿下。我在亞人商會擔任代表，名叫尤莉亞。」

銀髮盤成高髻，蔽體的禮服款式火辣，白皙得病態的肌膚毫不吝惜地暴露出來。獨具特色的紅紫色眼睛正看似感興趣地望著我。

美麗容貌恰如吸血鬼給人的印象。看那慘白的膚色，就讓我想起日前在東部遇見的吸血鬼。想起那兩個傢伙，我便跟著想起了菲妮從鐘樓墜落的模樣。

應該是因為我的臉色略顯不悅，尤莉亞苦笑著賠禮：

「雖與我全然無關，在此仍要為同族的劣跡向您致歉。於帝國東部發生之事，曾讓殿下及陛下蒙受生命危險，我實在深深地感到過意不去。」

「……失禮了，我是第七皇子艾諾特·雷克思·阿德勒。」

菲妮好不容易才跟對方建立關係，被我搞壞的話就誤事了。我立刻道了歉，然後跟菲妮一同就座。

據說尤莉亞曾讓菲妮等人枯等，對我卻沒有故技重施。這大概表示測試階段已過，畢竟對方也需要我們的助力。

「那麼，殿下，敢問您此次是為何事而來？」

「打開天窗說亮話吧。妳打算怎麼利用菲妮？」

想借用菲妮的名聲，這就是她提的條件。

倘若我想得沒錯，她是打算替首度在帝都推出的商品促銷。

「說成利用可就不好聽了呢。」

「甭用敬語，放自然就好。我怎麼聽都覺得不對勁。」

「哎呀，是嗎？我難得用了待客之道來恭迎皇子。」

「我不算什麼客人，我是妳交易的對象，少用居心叵測的口氣講話。」

「既然你都開口要求了，那就改嘍。我也覺得這樣比較輕鬆。」

尤莉亞說著便露出親暱的笑容。從商者多半如此，具有蠱惑人心的素質，善於拉攏他人，一回神遂已遭到挖探。

想必尤莉亞也不例外。

「關於菲妮的用途……你覺得我會怎麼用她？」

「別拿問題來回答我的問題。」

「有什麼關係嘛。我很好奇廢渣皇子有多少本事。」

「既然妳曉得那個外號，大可省了吧。我就是無能才會被稱為廢渣。」

經過一連串互動以後，尤莉亞悄然望向菲妮。

糟糕。當我這麼心想時已經遲了。尤莉亞露出賊笑。

「講話的人是個無能之輩，菲妮卻不顯得慌張呢。我反倒覺得，她甚至對你百般信任耶。」

「咦？呃，兩位怎麼……」

「妳會把菲妮當成活廣告，先宣傳那是她使用過的產品，可以的話也會在店頭擺出她的肖像。」

既然對方藉菲妮的反應看穿了內情，再瞞也沒用。我講出自己想好的方案，以便盡快將話題往後推展。尤莉亞聽完便露出有些吃驚的臉色。

「令人訝異……我本就認為你是佯裝無能，精明程度卻超乎預期。都說地低成海、人低成王，似乎真有一番道理。」

「我並沒有裝也沒有藏，單純是我對任何事都提不起勁，身旁的人就那麼替我取了綽號。」

「莫非現在不同了？」

「我決定擁弟弟稱帝。我弟弟跟菲妮類似，要在這世上求生，他們倆都過於老實，所以非得由周遭的人挺身保護。爾虞我詐及勾心鬥角都由我來，我會將欺騙李奧和菲妮的人打垮。」

「……這我會銘記在心。」

我瞪向尤莉亞，並以目光牽制她。

這應該讓對方感受到了不明所以的恐懼。尤莉亞答話顯得有些緊張。

我見狀便放緩戒心，改用平時的口氣再次發問：

「所以呢？妳準備怎麼運用菲妮？」

「……大致上與你的想法相同。我準備從化妝品的生意做起，只要宣稱是蒼鷗(Blau Möwe)姬在用的化妝品，一定能銷得飛快。」

「我想也是，而且亞人商會的負面形象也能藉此抹拭，如此妳的商號就能堂而皇之打進帝都。」

「你最好別將事情說得好像只有我得利，該做的我都會做。」

「哎，那還得等一陣子。我要妳先搞垮那些資助敵方派系的商會，資金來源一斷，我方的政敵便無法大張旗鼓。」

我把話說得容易，反觀尤莉亞則微微嘆了氣。她那種反應倒是沒錯。

畢竟資助敵方派系的商會全是盤踞於帝都的大商會，要搞垮他們幾乎沒門。

「意思就是要我打擊那些商會，使其喪失資助政敵的餘力……留半條命給他們就夠了吧？」

「不，再狠一點。麻煩讓他們氣若游絲。」

「那不就跟死了差不多嗎……哎，我會盡力。再來就是關於資金方面的支援，你們需要多少？」

「目前不必。當我方需要時，再請妳要多少籌多少。」

「難道你以為錢會自己生出來？金額越大，越是無法立刻籌出來喔。」

「我懂。而我還是要妳照辦。」

嚴苛的要求讓尤莉亞看似傻眼地搖了搖頭，但是她只得答應。

假如她沒辦法克服這等嚴苛的要求，我就不會出借菲妮。

「真是……我找了個荒腔走板的派系聯手呢。」

「要恨就恨菲妮。」

「我才不要，誰恨得了這麼堅強可愛的女孩。要恨當然是恨你。」

「隨妳高興吧。好了，要走嘍，菲妮。」

「啊……好、好的！」

菲妮原本還在享受商會端出來的茶點，聽我一說便匆匆吃完東西，開始準備離去。

「你們何不多待會兒呢。」

「很不巧，要忙的事還多著。妳不如先開始張羅商品，我再找機會聯絡。」

尤莉亞見狀就噘起嘴唇。

「哦～～我說，艾諾特，既然你非得成事，想叫我傾全力協助也是可以喔。只要我喊一聲，幾乎全體亞人都願意幫忙。你覺得如何？」
「時機來了，或許我就會拜託妳。目前時候未到，何況也不知道要付出什麼代價，因此先免了。」
尤莉亞一臉嫵媚地望過來，而我拒絕了她的邀約。
這女的總讓我覺得有股魔魅氣息。說起來倒沒有負面印象，卻也沒有正面的印象。該怎麼形容好呢，她就像隻好奇心旺盛的貓吧。
感覺尤莉亞會深究到我不希望被人深究的部分。假使遭到挖探也沒有什麼好困擾，我自然會由她去，可惜我背後的祕密全都容不得他人挖探。
她身為商人的才幹無庸置疑，但現在還是盡量保持距離吧。
我如此打定主意，從尤莉亞身邊離去。

7

「李奧納多，這事全交你辦了。」
「遵命。我會代陛下之耳目，若有不公便通盤揭發。」

「嗯。」

話說完，李奧就向父皇領了紫色披風。這是身為巡察使的證明。

只要李奧穿著這件披風，任誰都擋不了他。

「切莫妥協，去將案情查到真相大白。」

「是。」

於是李奧穿上披風走出謁見廳。其他人都跟著退下，我卻沒有，因為看父皇的臉色似乎有事找我。

「你擔心嗎？」

「我才不擔心，畢竟李奧能力優秀。」

「然而他處事不夠柔軟。過去都靠你彌補，可是，這次他身邊沒有你。」

「假如父皇是想看李奧一個人能有多少作為，事情應該沒那麼便宜。」

「哦？這話怎麼說？」

「那傢伙擅於借重他人之才，他的為人就是會讓旁人甘願提供助力。所以即使沒有我，依然有別人會幫忙他。」

「是嗎？那就好。不過，你這邊又如何？」

父皇的話使我垮著臉。

我也跟李奧一樣被交派了任務，雖然要稱作任務會嫌太過輕微。

「難講耶。我會盡力而為，但是請不要寄予期待。」

「那可不行，長女的這樁親事全靠你了。她沒結婚，珊翠菈也不會結婚吧。」

「實在責任重大呢。但是，就算失敗也請別生我的氣喔。誰教我要面對的可是那位皇姊。」

「是啊，我明白。不過呢，艾諾特，我已經年逾五十了，時間所剩無幾，因此才想看女兒出嫁。」

「我倒沒聽說您身懷疾病耶。」

「我沒病。然而待我一老，勢當壓不住眾人，我遲早會被迫退位。任誰稱帝皆然，以往我就是那麼做的。」

父皇略顯出神地眺望從城裡可見的市街景象。不知道還能坐擁這一幕多久——或許他是這麼想的。

帝位之爭固然是由底下子女進行，位於終點的寶座卻有父皇坐著。

想當然耳，贏家將會逼父皇退位。若發展至此，他便無暇看女兒出嫁。

「您從未如此軟弱呢。」

「我今天夢見了第二妃子與皇太子，真是懷念……不知我還得懷念多少人才行。」

「排斥的話，您大可終止這場帝位之爭。冊封新皇太子以後，再趁著仍有餘力之際將其餘子女分發至地方，至少就能保他們一命才是。」

「我不能那麼做。贏來之物的價值有別於讓渡之物，帝位必須由你們去贏取。如此才有強大的皇帝，才保得住帝國。」

「那麼，還請父皇收起軟弱的心態，因為您有能力阻止卻未阻止。為此我的弟弟正身陷於愚昧的手足互鬥。想法如您的人多有所在，然而因為您默許帝位之爭，才沒有任何人叫屈。大家都已經認分，並說服自己這是必經之途。您的軟弱將會對所有參與者構成侮辱。事到如今才出現退縮之意，我可不會接受……！」

若有後繼者由皇帝任命的制度，就不會發生這種鬥爭。

可是，贏得帝位的後繼者會比被任命的後繼者更強。這套理論可以理解，贏家不會容許自己贏得的東西被搶走。不過東西若是讓渡得來，為己所有的意識就會相對薄弱。意識的差距便從中而生。

要作育一名保衛帝國的皇帝，必須有帝位之爭。在這套思路下，愚蠢的手足之爭已重複上演過好幾次。

「……我居然會被兒子說教，說教的還偏是艾諾特。」

「請饒恕我的無禮。」

「無妨。看來法蘭茲不在，我就會露出軟弱的一面。抱歉，忘了我剛才說的話。」

「是。」

「……艾諾特，還記得我以前讓你見識的風範嗎？」

「請您放心，我不曾忘記。我也記得您當時所說的話。」

「是嗎……那我安心了。」

父皇說完就要我退下。由於帝位之爭進入正式階段，父皇似乎也開始多方思量了。

倘若李奧稱帝，父皇應該也能平安，但是他不會為求自保而立李奧當皇太子吧。

即使露出了軟弱的一面，這個人仍被皇帝之責綁著。

「帝位果然只能靠我們贏取嗎？」

我嘀咕以後便為了替李奧送行而前往城外。

■■■

「再見嘍，保重身體。」

「嗯，哥也要加油。」

「我會適度啦。」

話說完，我們便彼此道別。

不需要漫長交談，反正這又不是今生的告別。

「艾諾特殿下。」

「妳用的稱呼還是一樣拘謹，琳妃雅。」

「因為我並不像其他幾位有身分可以親暱地叫您。」

「身分根本無關緊要。不過，妳覺得稱心就好。抱歉，走到這一步費時許久。」

「不會，一切皆要感謝殿下的好意。」

「這是答謝妳救了我的命，還在我們出使期間保護菲妮等人。做這點事根本不夠回報妳。」

「我並沒有多大貢獻，您卻為我設想得面面俱到。老實說，我心裡不好受。」

琳妃雅說著就垂下目光。不過這是她謙虛。

她成功地保住了菲妮等人，這就等於拯救我們脫離最大的危機。派遣冒險者到村落支援，並藉這次巡察揭發當地不公的亂象，都還不足以回報琳妃雅對我們的恩情。

「哎，妳要那麼想是妳的自由，但我們都對妳心存感激，所以絕對會解決村落的問題。」

我將比拳頭略大的袋子交給琳妃雅。

沉甸甸的手感讓她瞧了瞧袋裡。

當中裝著金幣，而且袋裡遠比外表所見有容量。

「這、這是……！」

「以賦予魔法製作的皮袋，容量比外表大十倍。還有，裡頭的金幣是我的錢，以往國家支付給我的，沒機會可用便存了不少。我本來是想當成爭奪帝位的資金，既然有妳居中協助跟商會牽線，當下就用不著了，交給妳保管。」

「怎、怎麼行！這麼大筆錢是要用在什麼地方！」

「即使交給李奧，他也不會運用，換成妳就能有效運用。李奧一向喜歡直來直往，希望妳能從旁協助。我想那肯定可以救濟妳的村子。還有，錢就是要花在刀口才上算。不必還給我，那要用來復興村子，懂嗎？」

「殿下……」

「可以的話，我也希望跟你們一起去，情況卻不容許。抱歉沒辦法照顧妳到最後，起碼讓我盡這點心意。」

「……感謝您。這份恩情我絕不會忘，我定將戮力協助李奧納多殿下。」

琳妃雅說完便對我低頭致意。

當然的吧。皮袋裡裝的是支付給皇子的公款，大約十年份。

我也覺得就這麼隨手交出去不大好，但我還有用席瓦身分賺的賞金。錢都是給瑟帕管理，而我賺的那些錢比用皇子身分領到的還多。話雖如此，對我來說這並非無關痛癢的金額，但李奧他們只要有這筆資金，想差遣南部的貴族便行有餘力。琳妃雅應該會以李奧想不到的方式善加運用吧。

「妳說得太誇張啦。我們才欠妳恩情，這是謝禮，別放在心上。」

「……現在提這個或許有不敬之嫌，但幸好那時候您遭到了襲擊。因為有那件事，我才有幸認識您，之後您就對我伸出了援手，當時的安心與喜悅只有我能體會。如今我便能理解菲妮大人信賴您的理由。等村裡的問題解決以後，我必定會回來為您效力，請讓我負責助李奧納多殿下成事。」

「妳太拘謹啦。不過，我正是因為這樣才敢派妳去。我弟弟拜託妳了。」

「是，請交給我吧。」

琳妃雅深深鞠躬後就跟著搭上李奧所坐的馬車。

馬車周圍還有近衛騎士在，不過個人性質的護衛是由琳妃雅全權包辦，這顯示李奧對她也是百般信任。

「那我走嘍！」

「噢。辦不成的話就死心回來吧。」

「啊哈哈，哥也一樣，辦不成的話死心比較好喔。皇姊八成比南部貴族還難纏。」

「你說的沒錯。」

我就像這樣一邊跟從馬車探出臉的李奧對話，一邊目送馬車逐漸駛離。接下來的事情，再替他操心也沒用。

「忙我自己的吧。」

先跟皇姊的提親對象見個面，見了面後再提筆寫信也比較能打動皇姊才是。有得折騰嘍。

8

後宮的某間廂房。珊翠菈到了那裡拜訪。

「母親大人！母親大人！」

珊翠菈對侍女們視若無睹，毫不客氣就踏進房內。

那裡是皇帝第五妃子的廂房，珊翠菈母親的住所。

身為主人的綠髮女子嘆了一聲，並且出面迎接女兒。

「是怎麼了，珊翠菈？嚷嚷成這樣。」

「還能不嚷嚷嗎！李奧納多頂著巡察使的頭銜去了南部耶！他要去抄我們的底！」

綠髮女子蘇珊一邊看女兒歇斯底里似的嚷嚷，一邊笑著表示原來是這種小事。

珊翠菈大概是對母親的泰然笑容看不過去，便焦躁地化風為鞭，笞打身旁的侍女。

「呀啊啊啊！請、請您饒命！」

「囉嗦！囉嗦！李奧納多去了舅舅那裡耶！手裡還握著想怎麼貶低我們都隨他高興的權利！」

「啊啊！唔！請、請饒我……一命……」

「吵死了！給我閉嘴！你們活著就是為了挨鞭子！」

珊翠菈說著就朝已經昏迷倒地的侍女鞭個不停。

等她終於消氣時，侍女已經渾身是血了。

換作常人，消氣後多少會有罪惡感，珊翠菈卻顯得毫不在意地回頭跟母親對話。

「照李奧納多的個性，想也知道他會徹查。那件事敗露的話實在推不掉啊。」

「用不著擔心，南部的事全交給兄長包辦了，他會幫我們好好應付。就算搞砸了，所有責任也都歸他承擔，我們不會被連累。」

「但是失去南部支持就頭疼了啊。」

「沒關係。只要妳的研究進展順利，不就沒什麼好怕的嗎？」

「話是這麼說沒錯……」

「妳跟我都平安無事的話，我們就能拿下帝位，等拿下帝位再回饋南方貴族就好。只是暫時棄那些人不顧，能得到諒解的吧。他們面對強者照樣得聽話啊。」

蘇珊說完便笑了。那是張妖豔卻又殘酷的笑容。

她不會像珊翠菈一樣發洩出來，是個傾向將情緒靜靜累積於心的女子。

蘇珊長年將攻擊性積於內心，笑起來便足以讓看到的人背脊發冷。

「陛下的命令讓我無法從事禁術研究，只能靠妳了。」

「我明白，母親大人。」

「優秀的孩子。妳比任何人更有資格稱帝，而且妳還遺傳了我的天資。奴隸商人就快將那些小孩帶來了，妳又能收到一批白老鼠。實驗絕對要完成，完成極致的詛咒。」

「是啊，我會完成給您看的，而且我要下咒讓那些惹惱我的人全部死絕。錯就錯在他們敢惹我煩心，我不中意的人統統都要受死。」

「沒錯，有志氣。」

蘇珊一邊輕撫那頭跟自己同樣的綠髮，一邊疼惜地望著心愛的女兒。

繼承了自己希望傳下去的所有資質，稱作本身複製品也不為過的女兒。

珊翠菈若能登上帝位，就等於蘇珊登上帝位。

「若有萬一，我仍會替妳除去那些礙事的分子，妳盡自己所能便是。不要緊，站在我們這邊的人可多了。」

「是，母親大人。」

母女倆說著便擁抱彼此。

如果皇帝目睹這一幕，應會懷疑她們是否真是自己的妃子與女兒吧。

因為她倆臉上都掛著讓觀者膽顫心驚的笑容。

唯有眾侍女看見這一幕，她們拚命低著頭。

她們更在心裡禱告，希望這樣的地獄能早日終結。

第二章　萊茵費爾特公爵

Episode 2

1

約爾亨・馮・萊茵費爾特，二十六歲。

於分封至東部與南部中間地帶的萊茵費爾特公爵家主事的年輕才俊，亦即公爵。

萊茵費爾特公爵家的領地本身並不大，在公爵家當中屬於相對較新的世家。不過，其家族藉著交易特產及礦物繁榮富足，在這方面建立的功績已夠格與皇姊成親。

「話雖如此，皇姊倒不是多在乎門第的人。」

拿資料過目的我開口嘀咕。要談成這一樁親事的瓶頸，在於瑟帕所給的資料裡有寫到對方不擅武藝。

皇姊打從骨子裡就是個軍人，會重視他人在戰場上是否有用處。如果要選擇丈夫，她應該會單純偏好強者。武藝傑出也好，擔任指揮官優秀也好，總之男方就是需要某項能在戰場表現的特質。

「那麼，我該怎麼辦呢？」
「艾諾特大人，有事要向您報告。」
「怎麼了，瑟帕？」
「有意與皇女殿下談親事的萊茵費爾特公爵似乎已微服造訪帝都。」
「啥！他好歹是公爵耶！」
「那一位似乎很有行動力，據說他是要私下來向陛下致謝。」
「致謝？謝父皇答應他來提親嗎？」
「這……據說萊茵費爾特公爵曾經提過好幾次親事。呃，他從十年前就一直想要跟第一皇女殿下成親。」
……從十年前就開始了？
這什麼狀況啊？難道他一直對皇姊單相思還不停追求？
事情並未公諸，表示那個人一直遭到拒絕。照父皇的個性來想，這事他不可能沒向皇姊提過。換句話說——
「難不成皇姊已經連續甩掉萊茵費爾特公爵長達十年了嗎！」
「算來是這樣。」
「你還說算來是這樣……那他們之間根本沒希望了吧！」

「向第一皇女殿下提親的公爵家恐怕相當有心。我在想會不會就是因為萊茵費爾特公爵被拒絕至今仍未改變初衷，皇帝陛下被打動才積極想撮合雙方呢？」

「父皇就是因為積極撮合被拒絕，才會把這件事丟給我。你別講得像佳話一樣。」

這道難題棘手得超乎預料耶。我說那位萊茵費爾特公爵究竟是怎樣的人啊？八成跟皇姊的喜好差得遠嘍。

「不得已，我也去見見他。」

「應該只能這麼辦了。皇帝陛下恐怕也是這麼想的。」

我和瑟帕談到這裡，就有人敲了門。恐怕是父皇召我過去。

那麼，我就去會會未來的姊夫吧。

■■■

唔哇，前途凶險。

這便是我見到約爾亨·馮·萊茵費爾特時的第一印象。

在父皇私下見過約爾亨以後，我也拜訪了約爾亨暫居的房間。

「幸會，艾諾特殿下，我是約爾亨·馮·萊茵費爾特，日前已繼承家父傳下的公爵之位。」

約爾亨說著就露出親切和善的笑容。他的個子略矮於我。

我屬於平均身高，因此對方以成年男性來說算是稍矮。

問題在於橫寬，他的體重鐵定比我有分量。

外表給人的印象近似發福小熊，和善的笑臉看起來是很溫柔，可惜這跟皇妹的喜好背道而馳。臉倒不算醜，卻也稱不上英俊，在容貌方面極難占優勢。

「客氣客氣，幸會，我是第七皇子艾諾特・雷克思・阿德勒。」

我能自然而然地用敬語交談，大概是因為約爾亨具備和善的笑容與氣質。

要我對這個人擺架子，感覺會有點為難。我猜他人如其貌，是個老好人。對方流露出來的性情就是如此。不過……

「艾諾特殿下，照皇帝陛下的說法，您似乎會幫我跟莉婕露緹殿下說媒，請問真有此事嗎？」

我那父皇又多事了……

莉婕露緹・雷克思・阿德勒，身兼第一皇女與元帥，皇族最強的將軍。要我幫公爵跟那樣的對象說媒，著實是無理難題，不知道父皇是否理解這一點。

「哎，是啊……皇帝陛下如此交代過我……」

「那我就放心了。聽說莉婕露緹大人在兄弟姊妹當中，只肯對葵絲姐殿下與您敞開心房。」

「……恕我請教，這件事你是聽誰說的？」

「她本人啊。」

「……你跟莉婕皇姊有聯絡？」

我不由得冒出負面的預感。

在皇族當中，莉婕皇姊確實只肯對我和葵絲姐敞開心房。總是置身戰場的皇姊鮮少留在帝都，因此她滿常寄信回來。

以往皇姊都會寫信給我、葵絲姐還有李奧，然而她從三年前就再也沒有寄過任何信給李奧了。

我問李奧出了什麼事，他都不肯回答，皇姊也同樣不予說明。只有極少數人知道這件事。

而這個人能聽皇姊提及這些，他究竟處在什麼樣的定位？

「有啊，因為我主動寫了好幾次的信。我是想跟莉婕露緹大人從筆友做起，沒想到情路走得並不順利，大概要寄三封才有機會得到一封回信。」

「原、原來如此……」

沒、沒想到他這麼有行動力。

公爵居然敢這麼積極地追求我那位皇姊，某方面來講也算強者了。

這我實在學不來。而且寄三封信才回一封，不就表示有兩封遭到忽略嗎？換成我可受不了。

「您聽皇帝陛下提過我和莉婕露緹大人相識的過程嗎？」

「不，父皇他什麼都沒有說……」

「事情發生在二十年前。」

「二十年！」

從相識後過了二十年。難道說，這個人六歲就跟皇姊認識了？

「是啊，在我初訪帝都時，有一場由貴族小孩進行比試的劍術大賽。然而我碰上的對手既高大又年長，我被打得落花流水以後就哭訴比賽不公平，有個嬌小的女孩卻來告訴我：不經努力就想贏才是錯的，年紀和體格都沒有關係，對手的劍術比較下工夫努力過。而那個少女臨時報名比賽後，就漂亮地拿下了冠軍，因此我才得知她便是當時年僅五歲的莉婕露緹殿下。我一方面對無法正視自己不成氣候還哭哭啼啼感到羞恥無比，另一方面則對莉婕露緹著迷。她的那副身影我記憶猶新，美極了。至今我仍認為她是世上最美的人。」

「……表示你對皇姊一見鍾情？」

「對，正是如此。我只看了她一眼，心就被奪走了。」

約爾亨毫不害臊地這麼斷言。

這個人……積極到意外的地步？

「所以在那場大賽之後，我立刻向她求婚了。」

「嗯？咦？咦？當場求婚嗎？」

「是啊，因為我覺得非她不可，她讓我心有靈犀。只是我遭到了無情拒絕，而且她告訴我，等我成為配得上她的男人以後就會考慮，我便決心當一個足以與她並肩齊步的男子漢，之後我先從壯大家業的規模開始著手。因為我在武藝方面毫無天分，便學習經商讓領地富庶。於是到開始出現成果的十五歲時，我再一次向她求婚了，這次則是透過皇帝陛下談親事。然而答案是不。後來我一直在重複這套過程。」

約爾亨露出苦笑，但我實在笑不出來。原來他對皇姊的單相思持續了二十年之久？連我都有違本色地受了感動。世上真有這種人耶，對感情堅貞不渝的人。

不過遺憾的是做這麼多仍無法打動皇姊，就代表事情沒希望了。畢竟皇姊是個不會改變想法的人。

「我個人曾寫過情書或贈送名貴的劍，卻不太有效果。我本身還試過從軍，但立刻就被趕出來了，聽說是因為事情有傳到莉婕露緹大人的耳裡。從那之後，我始終不被允許接近軍事重地。」

「……為什麼你肯付出那麼多？因為皇姊是個有魅力的女性？」

「您說得對呢，應該就是因為那樣吧。那一位既美麗又高強，她是我心目中的理想女性，所以我之前才會喜歡上她。不過，如今我對莉婕露緹大人的好感跟那些都無關。我愛著她，還請您出力相助。我只能愛那個人。」

好、好沉重……多麼深沉的愛意。單戀二十年，換成普通人早死心了。

皇姊一直拒絕固然有絕情之處，可是這個人都不氣餒也滿反常的。

目前跟皇姊求婚的貴族恐怕只有這個人。若他死心，皇姊的婚期將會遠在天邊。因此父皇才會找我談，還希望我撮合這樁親事吧。

公爵是個好人，這點我明白。他能鍾情於皇姊二十年之久，當弟弟的我同感欣慰。何況他還下了許多工夫想成為配得上皇姊的男人，有拿出成果也令我佩服。

如果他肯欣賞皇姊以外的女性，應該不愁娶不到老婆。

即使如此，這人眼裡仍只有皇姊。他愛她，因為他每句話都真心誠意。

唉……這下苦嘍。我實在不忍心對努力付出的人置之不理。

或許這就是我的性子。

「我明白了，我會盡力協助。但是請你別抱有期待。」

「不！我誠然對您有信心！過去莉婕露緹大人回信，大多都是我提到要拜訪帝都的時候。她都會寫到即使沒見面也無妨，希望我幫忙打聽您還有葵絲妲殿下的近況。從文章就看得出來，她是在擔憂你們兩位。」

「是嗎……我那皇姊這麼有心啊。」

以往李奧也包含在其中。假如要認真處理這個問題，或許也得把那件事問清楚。我下定決心做了深呼吸。

就算失敗，父皇也不會生我的氣吧。但是，既然父皇想要看女兒出嫁，我就希望讓他如願。

我也想為這名專情的公爵提供助力。

「萊茵費爾特公爵，我會用盡手段向皇姊鼓吹你的好。至於事成以後的回報——」

「要協助您爭奪帝位對吧。我了解了。聽聞李奧納多殿下要參與帝位之爭的時候，我原本就覺得您也有份，更打算為兩位效力。萊茵費爾特公爵家願貢獻綿薄之力，即使親事未成，這一點也不會變。」

「那好說。我們立刻來研討作戰策略吧，皇姊可是強敵。」

說完，我便笑著跟約爾亨討論起來。

2

「您、您實在有本事呢……！」

「你才是！以往我從沒遇過與自己不相上下的人！」

互相抬舉的我倆揮起木劍。

彼此都不擅武藝，使劍既不靈光又欠缺力道。然而，我跟約爾亨自認這場比試打得還算有聲有色。僅限於自認就是了。

比試結束後，我對旁觀的瑟帕問道：

「呼……呼……你覺得如何？」

「半斤八兩。看小孩敲敲打打可能還比較安心。」

「果然……」

約爾亨洩氣地垂下肩膀。

實力探底的人互鬥，似乎會讓旁觀者覺得還不如去看小孩敲敲打打，我跟約爾亨的比試就是這麼糟。

哎，反正這些都在預料之內。我只是聽他口口聲聲說自己武藝不行，才想見識到底有多糟糕。我們兩邊各拿毛巾擦了汗，並且思考下一步。

「總之劍術是不行呢……你有沒有其他擅用的兵器？」

「要說擅用嘛……我有一項一直都在修練的兵器。」

「敢問是？」

「戰戟。」

瑟帕從現場準備的武器中取來訓練用的戰戟。

別名槍斧的戰戟在槍頭上附有斧刃，雖屬於用途廣泛的武器，總之就是重又難使。記得這項武器是由矮人研發，用來彌補他們手臂不夠長的弱點。

能使得靈巧的話想必強猛，可是外行的人類還不如改用一般長槍。

「你為什麼會選擇戰戟來練？」

「十五歲的時候，我在提親之際也有直接跟莉婕露緹大人見面，於是她表明並不會跟不懂用武器之人結婚。我姑且也設想到了這一點，所以都有在修練槍術。只是，那對莉婕露緹大人並不管用。」

「我想也是……」

莉婕皇姊在調兵遣將方面是很厲害，但她個人的戰力當然也強得驚人。

無論讓她用什麼武器都有高手級的能耐，公爵臨陣磨槍應該不會是對手。

「那時候，她曾說我的攻擊力道不足。畢竟我當時非常瘦，更別提個子又矮。憑我當時的條件，不可能使出讓莉婕露緹大人認同的一擊，所以我才選了重的武器。只是，以往我揮舞這玩意兒總是站不穩。」

「你該不會……」

「是的，我暴飲暴食把自己養胖了。因為即使練出肌肉，我依然有極限。」

令人同情……

該怎麼說呢？戰戟在手的約爾亨感覺四平八穩，就連空揮都顯得頗具威力，揮戟的架勢也有模有樣……誰知他居然為此犧牲了身材。

皇姊……有人因為妳講的話就此改變人生耶。我不免感到同情。我一面在內心朝身在遠方的皇姊訴說，一面望向瑟帕。

「他的戰戟使得如何？」

「相當有一手，雖然要問到對皇女殿下是否管用便不好說了。」

「要把對皇姊管用列入條件，頂多只有將軍或近衛騎士能符合。她那邊也沒有要求那麼高啦。」

「但願如此。總之這會比使劍更有希望，仗著重量砍劈就不必講究細膩，此等重物在公爵大人手裡也拿得夠穩，想來是經過相當的修練。光看劍術，他在武藝方面的天分恐怕與您相等。」

「你的意思就是毫無資質吧。雖然說公爵只會這一項武器，他仍練到了足以入目的境界……了不起的人物。這我可學不來。」

約爾亨學商，讓原本弱小的公爵家變得富足。他應該有經商的才能，無庸置疑，那比較適合他發揮所長。

即使如此，約爾亨還是持續修練。明知從商才是自己的生存之道，但他希望得到皇姊認同，便不惜付出努力將短處化為長處。

「萊茵費爾特公爵。」

「咦？什麼事？」

「你不曾被其他女性吸引過嗎？」

「沒有耶。我說過自己愛的是那一位。既然已經表明心意，我便不想讓自己說的話淪為謊言。儘管人們都說誠實是家父僅有的優點，我卻喜歡他的誠實，因此我為人亦要如斯。愛一名女性，就要把愛貫徹到底。我認為那樣的愛才純潔，否則莉婕露緹大人是不會理睬我的吧。」

「……瑟帕，我現在總覺得好像是我們皇族有負於人……」

「畢竟接受與不接受這份情都是皇女殿下的自由。如果付出努力就能結婚，想必任誰都願意努力才對。努力固然值得肯定，凡事卻沒有絕對，尤其女人心更是變化多端如秋季的天候。女人被吊兒郎當的浪子吸引，而沒有選擇努力求婚的男人，諸如此類的故事可說俯拾即是。」

「喂，萊茵費爾特公爵都被你說得跪倒在地啦！」

「我的意思是也會有那樣的情況，結果仍要看皇女殿下。」

約爾亨以往大概都避免去聽旁人對這段情的意見吧。

他也避免朝負面思考，才一路奮鬥到現在。

剛才談那些對約爾亨來說似乎就有些糟心了。

我湊上前打算安撫他幾句。

「振作點，萊茵費爾特公爵。」

「唔！在這種時候消沉就配不上莉婕露緹大人！我太軟弱了！」

「……」

「假如她喜歡吊兒郎當的浪子，我可以分飾二角！艾諾特殿下！請傳授我吊兒郎當的祕訣！」

約爾亨奮而起身對我這麼說。

因為他突然逼近，使我忍不住退到瑟帕身邊。

「這一位真是不屈不撓呢。」

「他還問我吊兒郎當的祕訣，這算不算冒犯？」

「怕是有實有據。帝都裡應該沒人像您這麼精通吊兒郎當之道。」

「瑟帕，你別講得好像真有吊兒郎當這門怪學問。我可不記得自己鑽研過這條路，我只是無所事事罷了。」

「原來如此！根本就不必做選擇！受教了！」

「……」

「……」

我已經不知道該說什麼，只有一句佩服。

原來人有愛就能堅強到這種地步，以往我都小看愛了。

「皇姊基本上偏好強者。設法讓萊茵費爾特公爵展露強項，是不是就有機會？」

「說來說去，皇女殿下二十年來都看著公爵大人成長喔。她會不會已經認同公爵大人的強項了？」

「皇姊只是看見成果，我想讓她目睹公爵努力的過程。努力的模樣能夠吸引人，你不覺得嗎？」

「有道理。」

「艾諾特殿下，呃，我有件事想請教，就怕冒犯到您。」

「你早就冒犯到我了，所以要問什麼都無妨啦。」

「啊，那就好。請問殿下是如何獲得莉婕露緹大人中意的呢？」

這個人都不會顧忌耶。

我一邊這麼想一邊回憶起自己得到莉婕皇姊中意時的事。

那是在十一年前，我替少女頂罪，因而被關進牢裡一星期的時候。

長兄透過父皇得知了許多內情，似乎就把我替少女頂罪而被關進牢裡這件事告訴皇姊，而皇姊每天都會來牢裡探望我。

她還一再告訴我，只要說出是替誰頂罪，就願意幫忙跟父皇說情。

當然，我不認為皇姊完全知情，但我始終堅稱是自己闖的禍。現在回想，或許我也是在跟她賭氣。

替少女頂罪，讓我被關進牢裡一星期之久。我覺得做到這種地步還洩露祕密的話就沒有意義了，所以我一直守密到最後才離開牢房。

而皇姊溫柔地摸了摸我的頭。

「不愧是我弟弟……」

「您說什麼？」

「小時候，皇姊曾這麼對我說過。我堅持自己的意志到最後，皇姊就誇獎了我。從那以後，她就對我百般關照。大概是我的態度讓皇姊看了有好感吧。」

「這是好消息，代表萊茵費爾特公爵至少並沒有做錯。」

「說得對。萊茵費爾特公爵的行為應該能讓皇姊有好感，皇姊會喜歡肯努力的人才對。雖然我不清楚皇姊對男人有何喜好……或許要跟她見一面比較快。」

我說完話站起身。

談這種大事靠書信往返根本就是錯的。

「瑟帕，去準備。總之我們先到萊茵費爾特公爵領。」

「是，我立刻為您張羅。」

「艾、艾諾特殿下？」

「相較於帝都，公爵你的領地距離皇姊的所在地近多了。只要我過去，或許她就肯動身與我一聚。如果她不來，我們再主動過去就好。」

話說完，我笑了笑。想對付那位皇姊還從帝都施手段，未免想得太美。

我何不自己上前線呢？

話雖如此，遠行需要準備。既然要跟皇姊相聚，我也得帶一兩項伴手禮。

在這段期間最好不要有任何人來攪局，不巧的是似乎有幾個人會來干擾。
「姑且先做提防吧。」

3

「您找我嗎，珊翠菈殿下？」
「來得好，薩伊富里特伯爵。」
來到珊翠菈房裡的是個秀氣的中年男子，特徵是臉上掛著的柔和笑容。那就是他的武器。
薩伊富里特伯爵並沒有擔任特殊職務，也非傳承多代的名門貴族。即使如此，他在帝位之爭中仍受到了各派拉攏，這是因為他具備「人面廣闊」這項武器。
薩伊富里特伯爵擁有豐富人脈，每一派都會想要這樣的人物。因此包含李奧在內，所有派系都曾出手拉攏，珊翠菈就靠重金禮遇和地下工作將他釣了過來。
而珊翠菈會把薩伊富里特伯爵找來有她的理由。
「事不宜遲，我有事要問你。你有沒有萊茵費爾特公爵的把柄？」

「我懂了。聽說萊茵費爾特公爵長年向第一皇女殿下求婚，請問您找我是否與此事有關？」

「是啊，沒有錯。這次皇帝陛下指名艾諾特，要他協助萊茵費爾特公爵。萬一雙方親事就這麼談成，李奧納多的派系會更加壯大。我才不容許那種事！」

「那確實會讓他獲得雄厚的後盾。」

「就是啊！帝國最強的東部國境守備軍和姬將軍！有這兩者當後盾，他們那派肯定會更加拿翹！」

「不，殿下，就怕您該憂慮的並非那一邊。」

珊翠菈歇斯底里地嚷嚷，反觀薩伊富里特伯爵則是委婉陳述反面意見。派系裡幾乎無人敢對珊翠菈出意見，從這個角度而言，薩伊富里特伯爵堪稱特殊的人才。

要得到中立的人才還需有薩伊富里特伯爵。珊翠菈也明白這一點，因此她並未輕視薩伊富里特伯爵說的話。

「你這話是什麼含意？」

「有第一皇女殿下和東部國境守備軍當後盾，李奧納多皇子那派的聲勢確實會有所增長才對。然而，那終究是國境守備軍，第一皇女殿下也無法頻繁離開國境，兩者要在帝位之爭擔任要角想必有困難。萊茵費爾特公爵成為其後盾，反而會比那邊更棘手。」

「可是他在公爵家屬於新興的一支，規模也不大啊，值得提防嗎？」

「小看對方可不行。那名公爵儼然是個俊傑，他擁有無與倫比的商才，更懂得深植名聲。他若有意願，便是有望成為下任宰相的寶貴之才。就我所知，他本人並無稱得上把柄的弱點，甚至有眾多貴族欠這名公爵人情。有他當後盾，李奧納多皇子那一派的聲勢肯定會大有長進。」

「難得聽你把話說到這種地步呢。不過，真令人深惡痛絕。為什麼如此寶貴的人才會長年向那種女人求婚？他應該不愁沒女人吧？」

「對此我並無任何了解。不過我敢說的就只有一點，那名公爵求婚到現在仍未修成正果，往後恐怕也不會有結果。」

靜觀亦無礙。薩伊富里特伯爵如此告訴珊翠菈，因為他明白急著行動也成不了事。

然而……

「萬一有了結果呢？那女的一直很疼艾諾特，所以皇帝陛下也指名要艾諾特出面。倘若成功就會變成艾諾特的功勞。原本公國方面的任務就已經抬高了他們的名聲，繼續讓他們揚名誰受得了！」

珊翠菈說的話讓薩伊富里特伯爵嘆息。

受到多方拉攏的他會選擇投靠珊翠菈，是因為他分析過自己在珊翠菈旗下最能散發光彩。

埃里格身邊有眾多能人，戈頓耳裡聽不進武夫以外的人進言。有李奧納多和珊翠菈兩人當選項，而薩伊富里特伯爵選了珊翠菈。這是因為從個人角度來評估，占優勢的是李奧納多；從整體勢力來評估，母親為南部公爵之妹，又獲得眾多魔導師支持的珊翠菈比較具優勢。

帝位之爭既為個人之爭，同時也是勢力之爭。個人能力不足，只要靠旁人彌補即可。薩伊富里特伯爵原本是這麼想的，卻立刻就落得為珊翠菈的苛刻性格頭痛的下場。雖然她比戈頓願意聆聽他人意見，苛刻過頭的性格仍可謂重大缺陷。

「珊翠菈殿下，李奧納多皇子目前接到敕命，正在調查南部的流民問題。何況萊茵費爾特公爵一事也歸陛下管轄，貿然出手將招來陛下的憤怒。現在我方應靜待時機。」

「沒那種時間了！我的舅舅可是掌管南部大半版圖的公爵！假如他那裡出了問題，到時是要追究責任的！連我都會遭受波及！我不能默默看著敵方的勢力坐大！」

「……」

薩伊富里特伯爵並沒有愚昧到將珊翠菈的話照單全收。既然沒有牽扯在內，她只要自我澄清即可。珊翠菈會慌張就表示她的舅舅與流民問題牽涉匪淺，而且前往調查的人是李奧納多，他必然會全盤揭發不公之事。

搞不好這起案件會讓珊翠莅和李奧納多的強弱關係顛倒過來。

焦慮因此而生，然後她的焦慮就指向了艾諾特與萊茵費爾特公爵。就算現在去妨礙那兩人，也擋不住李奧納多，地盤被剷除是無可避免的。

可是，既然珊翠莅希望那麼辦，薩伊富里特伯爵就必須回應她的期待。雖然伯爵是被拉攏才加入珊翠莅的派系，其立場並非絕對，但薩伊富里特伯爵仍有必要立功。

「我懂了。既然如此，我們就在置身事外的情況下讓親事告吹吧。」

「你有法子對吧？」

「是的。珊翠莅殿下還記得貝爾茲伯爵那件事嗎？」

「怎麼可能忘！我到現在還是無法消氣！」

「想來也是。不過，這次換我方擺他們一道了。那件事發生過後，皇帝陛下對於男女關係之事分外敏感，就利用這一點。」

「具體來說要怎麼做？」

「萊茵費爾特公爵長年向第一皇女殿下求婚，皇帝陛下對於其誠心感到同情。正因如此，陛下才派了艾諾特皇子幫忙。然而，要是他的誠心有假呢？我認識幾個口風緊的娼館人手，不如取得他們協助，製造出萊茵費爾特公爵帶娼婦進城的假象。換作平時，皇帝陛下應會詳加調查，但事情牽扯到第一皇女殿下，想必會憤而即刻降罪。如此一來，親事就告吹了。」

「好計！邀你加入果真是對的！只要事情辦成，你就是我的心腹！」

「感謝您。那麼，我立刻去安排。請您千萬要記得對此事保持漠不關心。」

「這我曉得。」

話說完，薩伊富里特伯爵便從珊翠菈房裡離開。與此同時，還有一道身影悄然離去，而他們倆都無從得知。

4

「——對方似乎擬出了這套計畫。」

「哼，採取行動的果然是珊翠菈啊。預先派你去守著就押對寶了。」

我說著便淺淺笑了出來。

準備啟程到萊茵費爾特公爵領地的這段期間，要是被人趁機搞鬼可就頭痛了——如此心想的我早有提防，不過預料準確成這樣實在令人發噱。

「請問要如何處置？」

「他們的計畫是製造假象，留下形跡，讓父皇信以為真。八成會趁著公爵不注意，在他的房間遺留娼婦的衣服或氣味吧。只要城裡的女僕們發現那些形跡，事情很快就會透過女僕長傳到父皇耳裡。」

「以珊翠菈殿下的陣營來說，這項計畫很有效率，即使失敗也毫無風險更是一絕。協助意願不高的薩伊富里特伯爵算是出了一項妙計。」

「說得對。我本來希望把薩伊富里特伯爵留在手邊，他人面廣，腦袋也還算靈光。珊翠菈陣營裡就缺一個負責進言、喊停的角色，或許他能勝任。薩伊富里特伯爵應該也是因為有那樣的自信，才去了珊翠菈身邊。」

繼承人選在帝位之爭勝出後，其心腹自會被交派要職。薩伊富里特伯爵固然人面夠廣，卻沒有擔任要職，照這樣下去斷無機會出人頭地。正因如此，他才選了能獲得重用又能活躍的陣營。考慮到前途並非多壞的選擇，只不過，他沒有看人的眼光。

「再這樣任由伯爵出計，珊翠菈的陣營恐怕會變得穩固。說來可惜，不過還是讓他失勢吧。」

「您不拉攏他加入我方嗎？」

「與其拉攏薩伊富里特伯爵，還不如努力討好萊茵費爾特公爵。畢竟後者在全方面強過前者，他人面比較廣，又擁有財富。」

「那倒也是。」

「所以嘍，能不能多麻煩你一項差事？」

「遵命。」

「那些傢伙應該會在萊茵費爾特公爵的房間動些手腳。薩伊富里特伯爵在意結果，又擔心珊翠菈會不會輕舉妄動，肯定要留在城裡過夜。你就把對方動過的手腳全部移去他房間。薩伊富里特伯爵是已婚者，父皇若得知城裡被人當娼館用，會更加怒不可遏。到時帝都就沒有伯爵容身之處了。」

我賊賊一笑，說明反擊要用的手段，瑟帕就發出了嘆息。

「唉……」

「怎樣？」

「沒什麼，我是在想您怎麼會被養育成這樣。」

「是啊，我自己也這麼想。明明身邊的環境這麼糟糕，我真想誇獎長大後還能如此剛正不阿的自己。」

「您成長的環境理應得天獨厚，所以這要算天性吧。」

「這樣喔？原來我的正直是與生俱來？」

「您與我對於正直的見解似乎嚴重相左。」

這樣的對話告一段落後，瑟帕就無聲無息地從房裡消失了。

■■■

隔天。薩伊富里特伯爵立刻採取了行動，於是他命人藏到萊茵費爾特公爵房間裡的各項物品，全都在自己過夜的客房被女僕發現，對此大感驚訝的他被拖到父皇面前。

「薩伊富里特伯爵！這究竟是怎麼回事！」

「陛、陛下！事情肯定是哪裡搞錯了！」

「有錯的是你的行為！你已有妻室，居然找娼婦作樂！還是在我的城裡！看來你對我毫無敬意！從未聽過有貴族敢把皇帝居城充當娼館！」

「噫～～！請、請陛下開恩！當真是哪裡出了差錯……」

「我聽都不想聽你解釋！這事之後再來考慮要怎麼發落！你現在就給我進牢房懺悔自己的行為！」

「請、請等一下！陛下！陛下！！」

薩伊富里特伯爵就這樣被衛兵從謁見廳拖了出去。

我來向父皇稟告自己將於明天早上啟程，就看見薩伊富里特伯爵那副慘樣，因而在內心竊笑。

珊翠菈就此失去了有用的人才。正如薩伊富里特伯爵叮嚀過的，她對這事只能裝成漠不關心。因為若詳加調查，就會被揭出更多罪狀。薩伊富里特伯爵既然明白這一點，應當是不會洩密。

這樣珊翠菈短期內就休想作怪。對於領了父皇敕命行動的李奧，埃里格和戈頓應該都不會有什麼動作。那兩個人有別於珊翠菈，各居大臣及將軍之職，輕舉妄動就會失去職位，因此在這種狀況下沒辦法積極行動。

換句話說，即使我暫離帝都也不成問題。

我一面想著這些，一面向父皇稟告要在明天早上出發一事。

「這樣啊。你要去見她？」

「是。我判斷這是最好的辦法。」

「以那孩子的性格來想，我也覺得寫信無法打動她。」

「對呀。即使皇姊不肯來帝都，或許換在公爵的領地就能請她與我一聚。」

父皇對我說的話連連點頭。畢竟旁邊有法蘭茲在，絲毫看不出先前的那種軟弱。

「殿下，我個人有事相求，不知道您是否允許？」

「但說無妨，宰相。」

「謝殿下。打從二十年前，萊茵費爾特公爵在小時候愛上莉婕露緹殿下後，他一次也不曾直接將信寄給殿下。在殿下居留帝都時必然都是透過我轉交，帝都與公爵領地的距離並沒有近得可以讓他來去自如。就算這樣，公爵有信一定都會託付我。您曉得這是為什麼嗎？」

「因為他覺得直接寄給皇姊會造成困擾？」

「正是。他總說：若不會造成困擾，還請宰相見機轉交。還說如果殿下露出嫌惡的臉，就算將信撕了也無所謂。願意花這種心思的求婚者只有萊茵費爾特公爵而已，因此唯獨他的信，莉婕露緹殿下一定會讀，也只有萊茵費爾特公爵送禮，她才肯悉數收下。在莉婕露緹殿下成為將軍轉戰四方以後，我也從她的親信口中聽過相同事蹟。」

令人意外的事實。那位萊茵費爾特公爵肯花心思也沒什麼好驚奇。

皇姊一定會讀他的信才讓我意外。

難不成這事真的可成？

「對位在遠方領地的貴族來說，信和禮物是留住意中人的手段。彼此一年不知道能否見上一面，有許多貴族為避免被遺忘，表達情意時就顯得過當，而萊茵費爾特公爵在這方面可謂紳士。因此莉婕露緹大人縱使會拒絕親事，也沒有拒絕他的信和禮物。」

「原來如此。表示皇姊以個人而言並不討厭吧。」

「是的。這當中應該有某種理由。不知道莉婕露緹大人是決意不婚，或另有理由。如果是前者就無可奈何，另有理由的話，還希望殿下能幫忙說服。要是明顯遭到嫌棄，萊茵費爾特公爵應該就會死心，但是莉婕露緹殿下恐怕並不討厭他，正因為這樣才教人同情。」

信始終透過法蘭茲轉交，表示他看過內容吧。

法蘭茲應該也曉得公爵送什麼禮物，還曉得莉婕皇姊收下以後的反應。照法蘭茲熱心的個性來想，一定也給過建議。

以他這樣的立場，會希望這段情修成正果吧。

「二十年……因事主而異，有的人應該也會覺得這叫糾纏不休，我亦屬其中之一。以往我好幾次要他放棄追求那孩子，還言明那是為他著想，想讓他知道再怎麼努力也是枉然。萊茵費爾特公爵卻回答我，如果莉婕露緹大人表示有困擾，他就會死心。對那個人來說，莉婕露緹就是他的人生目標。無論提親一事順利或者不順利，我都希望這次能告一段落。」

父皇到底也是通人情的吧。

看一個人被愛慕之情綁著長達二十年，他似乎感到不忍心。

畢竟換個觀點來看，也會覺得皇姊似乎保留了一個便宜自己的追求者。

照皇姊的性子，她應該不會存那種心，但光是沒有明確甩掉對方就已經無異於把人綁住了。

「萬一……皇姊說她無意跟任何人結婚，您會放棄嗎？」

「……若是那樣就無可奈何吧。」

想看女兒出嫁。這是父皇的心願，卻也可以稱之為任性。

父皇看似遺憾地嘀咕。以他的個性來想，或許是認為只要皇姊出嫁，就不會被捲入帝位之爭。

戈頓或珊翠菈任何一方登上帝位，恐怕就會刁難皇姊並除之而後快。然而出嫁的話就不再是皇族，多少能避險，就帝國的立場也可免於喪失優秀的將領。

即使身為皇帝，也不是任何事都能隨心所欲。

「那我會照您吩咐的去辦。雖然不知道是否能帶回好消息，我仍會盡力，還請靜候一段時日。」

「我懂。這事就託你了。」

我離開了謁見廳。

5

前往南部的李奧來到了某座城鎮。南部第一大城汶美。

治理該地的是在南部一帶呼風喚雨的大貴族，克琉迦公爵家。

「感謝您協助，克琉迦公爵。」

「哪裡哪裡，協助巡察使對貴族來說是理所當然的事。」

笑著這麼說的是一名綠髮男子，年逾五十卻還是朝氣蓬勃。

男子體型修長，在腰際佩有細劍。他也是曾上過戰場好幾次的武夫，其名為史溫．馮．克琉迦。

現任皇帝第五妃子的胞兄，輩分相當於皇帝的妻舅。

「我認為跟南部有關的事問克琉迦公爵最妥當。坦白講，在公爵眼裡，是否有貴族讓人覺得可疑？」

李奧直直凝望克琉迦公爵。

南部發生的事多與克琉迦公爵有關，對此李奧也心知肚明。然而，他總不能突然就對克琉迦公爵展開調查。

這案子應該從何地與琳妃雅的村落有所牽涉查起，可是在著手之前，李奧對這位克琉迦公爵會提誰的名字感到好奇。

「可疑的貴族是嗎？若有明顯可疑的貴族，我會予以警告，因此應該是沒有才對，但位於國境一帶的貴族便有些管控不住。」

有些管控不住。在這種場合打馬虎眼就能嗅出有鬼。

因為對方託辭的方式多得是。不過，光這樣也無法加以追究。

李奧一邊注意克琉迦的舉手投足一邊露出笑容，然後跟對方繼續閒聊下去。

■■■

李奧跟克琉迦公爵見面這段期間，琳妃雅正在街上採買。

當然她採買時也有順道在城裡四處探查。

「還有，麻煩也給我那個。」

「來，謝謝惠顧！」

「請問這陣子有沒有什麼不尋常的事？」

「不尋常的事？嗯~~想不到耶。」

琳妃雅向賣水果的老闆打聽，卻得到這樣的回答。

這是第五間店了。所有人的反應都差不多。

至少在表面上，汶美這座城似乎並沒有異狀。

「是嗎？謝謝你。」

琳妃雅說完便拿著買的東西環顧四周。

需要的東西大致都買了，情報收集也沒有多大意義，接下來該怎麼辦呢？當琳妃雅煩惱時，就發現路旁有個遭遇困難的白髮老翁。

「對不住啊，我有點事想問……」

「……」

「嗯。這一帶的人可真冷漠。」

老翁說著就發出嘆息。他個子矮，耳朵略尖。原來老翁是一名矮人。矮人的長相本來就顯老，但這名老翁在矮人當中似乎也算高齡。

以體型矮胖的矮人來說，他倒是苗條，還留著長長的白鬍鬚。琳妃雅沒辦法對這名手拄白色拐杖，連腰都已經彎了的老矮人棄之不顧，就跟對方搭了話。

「老爺爺，請問您怎麼了嗎？」

「噢噢，有位好姑娘啊。不好意思，能不能請妳領我到城門？我是個路痴，迷路都已經迷了三天啊。」

「三天？那真不得了。我帶您去吧。」
琳妃雅不太會將情緒表露在臉上，面對聲稱在城裡迷路三天的老矮人卻難掩驚訝。
然而，為了讓老翁放心，琳妃雅立刻就帶著微笑自願替他領路。
面對琳妃雅的好意，老翁也露出笑容。
「哎哎哎，感謝感謝。大概因為我是矮人，都沒有人肯聽我講話。可頭疼啊。」
「原來是這樣啊，真是無妄之災。」
儘管琳妃雅口氣淡然，從她話裡仍聽得出安慰之意。
感受到她有這份心的老翁大笑。
「沒什麼沒什麼。小姑娘，有妳發現我，這就算幸運了。」
「因為……我也是在遭遇困難的時候得到了幫助。不，應該說我目前仍在接受幫助吧。」
「哦？小姑娘，妳有什麼困擾嗎？」
「嗯，對啊。」
「是嗎是嗎？可辛苦妳了。嗯～～這也算某種緣分，我來找找有沒有什麼東西能夠幫到妳。」
老翁說著便打開身後揹著的行囊，在裡頭翻找起來。琳妃雅表示心領了，老翁卻說年輕人無須客氣，翻來翻去就是不肯停。

「老爺爺，這邊這邊。」

「唔？噢噢，妳在那啊。」

大概是因為老翁不肯停止翻找，只要琳妃雅不注意，他立刻就會走錯方向。琳妃雅每次都要像這樣調整老翁前進的方向，於是回神以後，他們已經抵達城門了。

「老爺爺，我們到了喔。」

「嗯？到了？妳是說到哪裡？」

「城門。」

「噢噢！沒錯沒錯！我只顧找東西給妳當謝禮，就忘了原本的目的！」

倏地抬起臉的老翁笑得豪爽。

琳妃雅心想：大概就是因為對方性格如此，才會迷路吧；一方面又擔心就這樣讓老翁出城要不要緊。

「小姑娘，這給妳。這是靈樹雕成的木笛，當妳無論如何都需要幫忙時就吹。這只笛子可以讓妳的夥伴知道妳人在哪裡。」

「這樣的東西我不能收！請老爺爺留著！」

「我用不著啊，妳就帶在身上吧。記得要吹喔。求助於他人可不是壞事。」

老翁說著就笑了笑，並且從城門離去。那道背影顯得相當靠不住，琳妃雅不由得為他操心，但既然有要務在身便無法照顧對方。

琳妃雅朝著老翁的背影行了禮，然後走回城裡。

「人類還是有可取之處啊。那麼，接下來去哪兒好呢？有沒有聲音在呼喚我啊？」

老人一邊嘀咕著一邊離開道路，消失在山裡頭。

6

離開帝都過了一週。悠然前往萊茵費爾特公爵領的我總算抵達了他的領都。

「歡迎，這裡便是我萊茵費爾特公爵領的領都耶魯茲，這則是我的屋邸。」

「終於到了呢。」

我下馬車，大動作伸起懶腰。眼前有座豪邸，儘管規模夠大，以公爵的住處應該算小的。位於帝國東南部的這塊萊茵費爾特公爵領本來就沒有比其他公爵領廣闊，或許像這樣倒是恰如其分。

「殿下您遠道而來，不如先在此休養。」

「也對。我實在是累了。」

之前去克萊納特公爵領時騎馬花了五天，一路趕去幾乎都要將馬操垮了。那是因為當時急著把事情辦妥，然而，這次並不急，所以我悠哉地搭馬車花了一週來到這裡。話雖如此，這次用的是供皇族或公爵乘駕的最新銳魔導馬車，比普通馬車快了許多抵達目的地。

「萬分抱歉。因為我一直講個不停，才讓殿下累了。」

約爾亨露出過意不去的表情。

我對此回以苦笑。他在馬車裡確實時時都有話聊。

我並不排斥。然而，不排斥也不等於不會累。

「可以的話，我想洗個澡。」

「包在我身上。我的屋邸備有大澡堂，家母對那地方很是講究。」

「那真令人期待。」

我一邊說一邊在約爾亨領路下走進屋裡。

不過剛進屋裡，疑似管家的老人便急忙趕來約爾亨面前。

「怎麼了？瞧你慌成這樣。」

「不、不得了！請、請您冷靜聽我說！」

「要先冷靜的是你。慢慢來就好。」

約爾亨說完便要管家鎮定。

管家深呼吸以後，講話顯得多了幾分冷靜。

「殿、殿下於方才駕到了。」

「是啊，我知道。殿下跟我一塊來的。」

「不、不是的！並非艾諾特殿下！」

「稱我為殿下會造成混淆，希望你們都改叫元帥閣下。」

光聽就讓人忍不住想原地下跪的嗓音傳進我耳裡。

口氣並無威迫感，可是天生的在上位者可以使人聽其聲就自知不可違抗。即使說那副嗓音的主人生來便是為了命令別人也能讓我置信，而她正緩緩走下階梯。

豐茂金髮，紫色眼眸，以女性而言個頭算高，尤物體態搭配服貼的軍裝可以看出她身材有多好。這名女性雖是個足以俘虜眾生的美人，黑色軍裝上卻加了一件藍披風。帝國允許穿藍披風的軍人只有三位元帥。

彷彿葵絲妲長大成人，再添上妖豔、自信與堅毅的這名女性叫莉婕露緹・雷克思・阿德勒，帝國第一皇女兼皇族最強的將軍。

「莉婕皇姊……！妳怎會在這裡！」

「與姊姊久別相見，你這算什麼問候？重來。」
「咦……」
「重來。」
「……好久不見，莉婕皇姊。看到妳安好真是萬幸。」
「很好。」
被對方用不容分說的語氣及眼神示意，我不情願地重新開口問候。
莉婕皇姊似乎對我這樣的態度感到滿意，便露出笑容來到身旁。
「好久不見呢，艾諾，所幸你看來也不錯。葵絲妲最近過得如何？」
突然就變成閒話家常。她還是一樣霸道蠻橫。
約爾亨愣是愣住了，卻還記得行跪禮。明明應該先跟他這位領主打聲招呼才合常情，不過，我對皇姊說再多也沒用吧。她並不是無法配合他人，而是無意願配合。這個人就是把唯我獨尊當作持身之道。
「葵絲妲也很好，最近她還交到同年齡層的朋友，變得常有笑容了。」
「這樣嗎？不好意思，讓你幫忙照顧她。」
「不會，因為她是妹妹。再說，最照顧葵絲妲的是母親大人。」
「是嗎？義母大人也好嗎？」

「是的，一如往常。」

莉婕皇姊聽完一連串報告便滿意似的點頭。

接著她終於把視線轉向約爾亨。

「約爾亨，抱歉，在你離開領地的期間過來打擾。」

「不，我連歡迎都無法親為，萬分慚愧。」

「莉婕皇姊，容我重新問一句，妳怎麼會來這裡？」

照我的預定是要在抵達以後才寄信給皇姊。

她居然已經先過來了，實在出乎意料。

從東部國境到這裡並沒有多遠。嗯，跟帝都比的話啦。

尤其對皇姊來說更不算多長的距離才對。話雖如此，皇姊是掌管東部國境的元帥，照她的身分理應無法來去自如。

「我是到後方訓練新兵，在那裡就接獲你會來這裡的消息。」

「妳說接獲消息……」

不曉得皇姊設了什麼樣的情報網。

耳朵之靈敏自是不提，聽見消息就搶先過來的行動力更讓我匪夷所思。

「那麼，我交代了自己來此的理由，倒是你怎麼會跟約爾亨一塊到這裡？」

「咦……因為……」

糟了，我這是自掘墳墓。該老實說嗎？還是該敷衍過去？

我遲疑了片刻，莉婕皇姊「呵」地笑出聲音。

「無須你說。反正是父皇交代的對吧？」

「……虧皇姊曉得。」

「畢竟他是父親，會做什麼很容易理解。」

莉婕皇姊傻眼似的嘆氣後便看向約爾亨。

約爾亨神色尷尬，態度卻依舊不顯敷衍。

「你這人學不乖呢，約爾亨。這次把我弟弟也拖下水，是有什麼打算？」

「一如往常，莉婕露緹大人。」

「是嗎？那麼我的答案也還是一樣，我無意與你結婚。我不會與無法一同赴死之人成婚。」

「這我了解，但是我仍對您……！」

「嘮叨。我想與久未相聚的艾諾談談，借你這裡的房間一用。」

「……是。」

莉婕皇姊將披風一甩，就像走在自己的屋邸那樣邁步而去。

她示意要我跟過去，但狀況實在不容我照做。

「莉婕皇姊，漫長的旅途讓我累了。能不能讓我先沖掉一身的汗？」

「我不介意你流汗。」

「我會介意。」

「講話跟小姑娘似的。哎，也罷，我正好也想圖個清爽。好久沒有帶你洗澡了，不如就一起洗吧。」

「什麼……？」

我這位皇姊都在講些什麼啊？不可能一起洗吧！

「不、不用，我心領了……！」

「別客氣，我可以幫你洗背。」

「我、我會跟萊茵費爾特公爵一起洗！我們在路上成了朋友！像這種時候就會希望裸裎相待！」

彆扭歸彆扭，為了讓皇姊打消主意只好如此。

約爾亨似乎懂我的心思，就跟著幫腔：

「莉婕露緹大人，殿下要洗背，有我可以效勞，因此請您放心。」

「這樣啊。」

「是的。所以請莉婕皇姊先回房——」
「不得已，我們三個一起洗吧。」
「什麼！」
「各自入浴也嫌麻煩吧？這沒什麼，你放心，用這副身軀示人不會令我蒙羞。」
「噗！」
約爾亨應該是忍不住想像了那樣的畫面，他噴出大量鼻血蜷縮在地上。
莉婕皇姊見狀，看似愉悅地笑了。
「哈哈哈，你還是一樣純情呢，約爾亨。」
「這可不好笑！總之請皇姊留在房間！可以嗎！」
「怎麼？你會排斥跟姊姊入浴？」
「對，我會！所以請妳留在房間！」
「是嗎？那沒辦法，你倆就去洗個清爽吧。」
莉婕皇姊說完便一臉掃興地爬上階梯。
好險，我差點害死公爵。發生現任元帥兼第一皇女讓公爵噴鼻血而失血過多致死的殺人案可不好玩。名符其實的致命誘惑。
「公爵，你還好嗎？」

「我、我沒事……不過，真不愧是莉婕露緹大人，處事果決堅毅……」

「我怕她只是捨棄了女人的身分……」

「不，那一位就是如此將我玩弄於股掌……然而，那同樣是她的魅力……」

「看來只要是皇姊所為，你都甘願耶……」

雙方都是怪人——如此心想的我嘆了氣，並且跟約爾亨到大澡堂洗去長途旅行的疲倦了。

7

洗完澡去除長途跋涉的髒汙以後，我神清氣爽地穿上衣服，一邊跟約爾亨商量今後的對策。

「總之我們現在都著了皇姊的道，像這樣一直被牽著鼻子走可不行。」

「是的。不過，完全被先發制人了呢。」

如此表示的約爾亨臉上完全不顯得懊惱，表情反而像在讚賞皇姊著實厲害。畢竟我這邊的盤算完全被打破了，要說厲害確實是厲害，但我總覺得現在不是佩服的時候。

「萊茵費爾特公爵，以我身為弟弟的感想，皇姊對你的態度並非嫌棄。倒不如說，她恐怕對你有好感。」

「真的嗎！」

「我說的是自己有這種觀感，畢竟莉婕皇姊性格如此。就算有我來到這裡，她也不會踏進一個讓她厭惡的人所擁有的宅第。她不接受提親的原因，應該還是出在她提到的條件吧。」

「您是指『不會與無法一起赴死之人成婚』嗎……」

「是的。反過來講，只要能滿足這項條件，皇姊就不會排斥結婚一事。假如她是對結婚本身持否定態度，那我便無能為力，但她好說歹說也是皇族的女性成員，從小受過自己將來遲早要結婚的教育。因此你若能證明自己符合條件，這事就有希望。」

「原來如此……可是，若要一同赴死，只得成為那一位的左右手。」

問題就在這裡。皇姊特地把從軍的約爾亨趕了出去。

皇姊堵住了讓他成為左右手的機會。

唯獨這一點不合皇姊的作風。約爾亨並沒有在從軍後遭遇挫折，皇姊用了手段把他趕走。這難免令我在意。

「不管怎樣，你起碼要證明自己有能力作戰。」

「我明白，我會向莉婕露緹大人展現修練的成果。」

約爾亨說著就意氣昂揚地拍了突出的肚皮。

看見那團晃動的肉，讓我感受到不安在心裡油然而生，卻實在說不出口。

■■■

「你們在澡堂待得真久，洗頭髮和身體需要花那麼多時間？」

「斷然認定入浴只是為了清洗頭髮與身體，妳這是對浴室的褻瀆，莉婕皇姊。」

開口就說出這種話的莉婕皇姊有著一頭亮澤秀髮。

恐怕正如皇姊所言，她洗澡都沒有費多少時間，大概只是正常清洗而已。

她這樣似乎會讓世上的女性吃味。

我和約爾亨來到皇姊坐的圓桌旁就座。桌上準備了紅茶，雖然也有茶點，但是因為都被皇姊拿過去了，沒人搆得著。

「是這樣嗎？水在戰場上可寶貴了，我不會拿來享受。」

「在帝都時就不用介意了吧？」

「在帝都時還有那些侍女陪同，所以才討厭。到頭來，我無論到什麼地方洗澡都是速戰速決，難以理解你這種把入浴當成享受的觀念。」

某方面來講，那些侍女也不得了。

她們居然敢跟我這位皇姊一起進浴室，還幫忙沖洗身體，難道都不會怕嗎？

工作時大概沒空想這些就是了。

還真是多苦多難的差事。下次帶些東西去犒勞母親大人的那些侍女吧。

「畢竟洗澡容易露出破綻啊。或許莉婕露緹大人是在無意識間對此感到排斥。」

「噢噢！有理！約爾亨，這話說得好。」

莉婕皇姊露出笑容稱讚約爾亨。

她還把茶點遞給約爾亨，就像發獎勵一樣。

我這位皇姊居然把東西給人了！

令人震撼。莉婕皇姊對屬於自己的物品有強大執著，應該也可以說是有特殊的情感吧，連我都數得出來自己只拿過幾次皇姊的東西。

過去莉婕皇姊有個部下得罪了大貴族，就遭到對方施暴而被迫養傷。莉婕皇姊聽說這事就殺到了那名大貴族家裡，並且告訴對方：

我的部下歸我所有，連性命也歸我保管。換句話說，你擅自傷害了屬於我的東西。

說完，莉婕皇姊就把大貴族痛扁了一頓。

儘管事態嚴重，幸虧有皇太子多方遊說才在問題鬧大之前就平息下來。這件事我記得很清楚。

而皇姊居然會把茶點分給約爾亨……哎，正本溯源的話，東西原本就是約爾亨命人端來的，茶點應該也是要讓我們三個一起吃才對啦。即使如此，這依然非常難得。光從這一點就看得出皇姊對約爾亨甚為中意。

「感謝您。」

「嗯。」

約爾亨寶貝似的收下區區茶點，皇姊也理所當然地接納了約爾亨這樣的態度。或許皇姊今天的心情格外不錯。

為了試探其中的可能性，我下定決心朝茶點伸出手。於是，視野天旋地轉，我的背後受到了撞擊。一回神，我已經被摔在地上呈仰臥姿勢。

「久久沒見面，你的手似乎變得不懂規矩了呢，艾諾？」

「莉婕皇姊，看來妳還是老樣子……」

我伸出去的右手腕被皇姊抓著。

莉婕皇姊用單手將我的手腕反扣，使得我完全失去平衡而跌倒。而且她怕我受傷，還放輕了讓我摔在地上的力道。拿個茶點都能這樣，皇姊未免太嚇人……

「怪了……皇姊的心情應該不錯吧？」

「是不錯，畢竟我倆好久沒有相聚了。明明有個在帝都遊手好閒卻不懂得來探親的薄情弟弟，現在光是見了面就讓我心情大好。你不認為做姊姊的氣度非凡嗎？」

「不好說耶。會因為拿個茶點就隨手把人摔出去的姊姊，在普世觀念裡恐怕很難用氣度非凡來形容。」

「誰教你一聲不吭就想偷我的茶點。」

「奇怪了？那裡準備的可是三人份耶，茶點是要讓所有人分著吃的啊。」

「東西理所當然地擺在我眼前喔。換句話說，這歸我所有。」

「……」

皇姊說完便抓起茶點享用。

在前線不太能吃到點心。皇姊貴為元帥，要享受的話固然也可以享受，她卻說那樣會無法擔任將兵表率而過著簡約的生活。

所以皇姊也很久沒碰點心了吧。她心情好得很。

看皇姊這樣，約爾亨也顯得一臉幸福。

怎麼搞的？為什麼只有我被扣著手腕？太沒道理了。

明明我從剛才就一直在掙扎，卻擺脫不掉姊姊的擒拿。

「皇姊，差不多可以請妳放手了吧？」

「為什麼要放？」

「為什麼不放！」

「還沒聽見道歉，我怎麼可能放手？」

「我說過了，那本來就是三人份的茶點。」

「這歸我所有。」

「……對不起，我為自己想偷茶點的行為道歉。」

「你應當還可以多補幾個字喔。」

「對不起！我為自己想偷『皇姊』茶點的行為道歉。」

「很好。」

話說到這裡，我才總算獲得解脫。

我揉起手腕坐回椅子，就發現皇姊面前的茶點幾乎都沒了。

「嗯？約爾亨，茶點沒了喔。」

「請不要講得像是憑空消失，東西都是皇姊吃掉的吧。」

「我立刻命人準備。」

「嗯。」

「……」

為什麼我的吐槽非得華麗地遭到他們忽視？

約爾亨拍掌以後，有幾名侍女端了盛在小碟子上的蛋糕過來。光聞氣味就覺得甜，不過倒沒有甜到令我排斥。大概是起司蛋糕吧？看起來很美味。

蛋糕先是被擺到皇姊面前，接著擺到我面前——皇姊從旁伸過來的手就把碟子拉到她面前了。

我忍無可忍啦！

「欸！這太奇怪了吧！皇姊！」

「哪裡奇怪？」

「一切！為什麼皇姊要把端到我面前的碟子拿走！妳有妳自己的份吧！」

「沒有啊。」

「妳已經吃掉了嗎！太快了啦！還有，那是我的份！請皇姊不要若無其事地拿了就吃！」

「弟弟的東西就是姊姊的東西。」

「什麼霸道的理論啊！那妳聽到妹妹的東西就是哥哥的東西會不會心服！」

「我不會屈服於歪理。」

「夠了！還給我！」

我體會到再說什麼也沒用，就祭出強硬手段朝蛋糕伸出手。

可是，皇姊用單手擋開我的手，還用另一隻手吃起了蛋糕。

看我的！

我下定決心非要搶回來，便用兩手挑戰皇姊，卻全都被她用單手化解。

在雙方交手的過程中，我的蛋糕就被皇姊吃光了。

「啊啊……」

「艾諾特殿下，您可以吃我這一份，請用。」

「公爵……謝謝你的好意。我開動——」

「我應該說過，弟弟的東西就是姊姊的東西喔。」

約爾亨遞過來的蛋糕也一樣，還沒到我手上就被攔截了。

而且那塊蛋糕到最後還是進了皇姊的肚子。太沒道理了……

結果，在場的我什麼都沒吃到。

第三章　黑暗蠢動

Episode 3

1

當艾諾等人抵達萊茵費爾特公爵領的時候。

菲妮正在帝都忙得不可開交。

「哇哇哇！怎、怎麼辦！請問我該怎麼做？尤莉亞小姐！」

「麻煩妳靜靜地待在那裡。這樣就夠了。」

「要開店嘍～～！」

亞人商會的帝都分店一開門，大排長龍的客人就湧了進來。他們要買的是亞人商會推出的新商品「護膚水」。

這本身已是相當出色的商品，亞人商會卻幫它加了行銷詞。

「來嘍～～！連大名鼎鼎的蒼鷗姬都在用的護膚水！『蒼鷗水』限量三百瓶～～！」

獸頭亞人擺出可愛的姿態推銷主打商品，在那裡有瓶裝的透明水溶液。溶液裡摻了許多配方，顧客們的視線卻是投注於菲妮身上。

「菲妮大人真的在店裡耶！我要買一瓶！」

「是本尊！給我三瓶！」

「我買五瓶！」

「費事！拿十瓶過來！」

帝國第一美女在用的護膚水。

對帝都的女性來說，這是具有魔力的一句話。蜂擁上門的客人紛紛要買護膚水，三百瓶在轉眼間銷售一空。

單靠行銷詞或許並不會如此熱賣，然而菲妮就在分店的二樓招手。有本人在場發揮了恐怖的宣傳效果，蒼鷗水上市幾天就成了帝都最熱門的保養品。

「辛苦妳嘍，菲妮。」

「嚇、嚇了我一跳……」

由於自己祭出的戰略見效，尤莉亞始終笑意不絕。

另一邊的菲妮則是因為每次商品開賣都得面對那些彷彿騎士衝鋒陷陣的女顧客，內心七上八下。

「因為在開店之前，大家都看著我這裡……我好擔心那些人要是衝到這邊來，該怎麼辦……」

「不好意思，得請妳習慣喔。回報是可以期待的啦。」

「好的！我會加油！」

菲妮微微握拳的模樣在身為女性的尤莉亞看來也覺得嬌憐可人。

當初曾有想一睹芳蹤的男顧客大舉湧來，但是尤莉亞不准女性以外的顧客進店裡，因此眾多男顧客不得不死心。

其中還有客人想硬闖，結果全被亞人商會自豪的一班保鑣攆出去了。

因此，那間店不容惹事的訊息便在帝都流傳開來。

而尤莉亞看到這種現象，就決定祭出她的下一招。

「菲妮，我們要採取下一步嘍。」

「下一步？我該做些什麼呢？」

「跟這次一樣啊。總之妳揮揮手展現親和力就對了，我會將保全人手加倍。」

「加倍是嗎……」

菲妮看向自己周圍。她身邊已經有三名壯碩的亞人護衛，要加倍的話就表示會變成六名。

菲妮想像了自己被六名亞人大漢包圍是什麼情況後，露出驚慌的神色。

「那、那樣會看不見我耶……！」

「不要緊，能窺見妳就夠了。只要知道蒼鷗姬在此，男人們自然會湊過來。」

「是、是這樣嗎？」

「是啊。我要從那些笨男人身上撈錢。呵呵呵，海鷗飛在天上是抓不到的。」

「麻、麻煩妳別做得太過火喔……」

「知道啦。我會拿捏分寸，點到為止。」

尤莉亞說著便露出壞心的笑容。菲妮看見那副笑容，覺得跟使詐的艾諾有點像，不過她並沒有說出口。

到了隔天。或許尤莉亞比艾諾更會使詐——菲妮冒出了這樣的想法。

「好～～！亞人商會帝都分店要開始營業嘍～～！」

身穿可愛服裝的亞人店員們一打開門，男顧客就湧進空間相當寬敞的店內。

而菲妮露出生澀的笑容朝那些男顧客揮了揮手。

「唔喔喔喔喔喔！！是菲妮大人！活生生的菲妮大人！比肖像畫或幻影紙上看到的還要可愛！」

「好美！太耀眼了！簡直像在散發光芒！」

「我得把她的倩影烙進眼底！一輩子就這麼一次機會了！」

亞人商會動員全力，事先用附有菲妮肖像畫的海報以及「幻影紙」這種可以短暫投映幻影的量產型魔導具，在全帝都做了宣傳。

能夠和蒼鷗姬見上一面。這項額外的福利讓男顧客拔腿就往帝都分店跑。

然而，當中也有人不細讀海報上所寫的內容。

「菲妮大人！拜託您看看這邊！菲妮大人！」

「臭小子！不是來買商品的話就給我滾！」

「少囉嗦！我才不想買這裡的東西！」

有個年輕人這樣大聲嚷嚷，就被快步走進店裡的高大亞人保鑣牢牢地架住了。

「你、你們想怎樣！」

「這位客人，您知道本店海報上所寫的注意事項嗎？」

「啥？注意事項？」

保鑣看到客人的反應，就傻眼似的嘆了氣，然後指向海報底下。

那裡有還算大的字體寫著：「謝絕不買商品的客人，若有違規情事需支付罰金。」

沒仔細讀過的年輕人臉色發青，但是為時已晚。

他被保鑣迅速帶到店面後頭。

「尤、尤莉亞小姐……」

「沒事的，他們不會動粗，只是會逼他買商品。假如他沒帶錢，就得留下來供店裡使喚。」

「這、這樣啊……」

菲妮安心似的呼了口氣。

尤莉亞看到菲妮這樣，就嘻嘻笑了出來。

「怎、怎麼了嗎？」

「沒事，我只是覺得妳真好心。一般才不會替那種人擔憂呢。」

「是、是這樣嗎？」

「一般而論啦。不過，我想妳保持這樣就行了。既然有我這種狡猾的人在，有跟妳一樣好心的女孩也無妨吧。」

「尤莉亞小姐也相當好心啊！」

「會嗎？我只想著要從在場的這些男人身上撈錢喔。」

「掩飾也沒用的！因為我都曉得。比如尤莉亞小姐是把海報優先貼在富裕人家所住的地方，還會供餐賑濟城外的人們，我知道的可多了！」

倒不是從富人身上撈錢就沒關係，即使如此，尤莉亞仍沒有把貧困的人當目標。那是她的基本方針。

亞人商會聚集了許多無法融入人類社會而遭到孤立的分子，很多成員在當時都過得清苦。像這樣的人尤莉亞看得多，因此都會定期供餐賑濟城外的貧民。

那是從帝都分店尚未開幕就有的義舉。

尤莉亞會自掏腰包來從事那些賺不到利益的行為。

「妳怎麼會知道這些啊？」

尤莉亞尷尬似的嘀咕，菲妮就嫣然一笑看了身旁的保鑣。

由於菲妮待在稱不上比城內安全的分店，那些保鑣隨時都會守在她身邊，面帶笑容跟保鑣搭話的她便問出了許多事情。

「當保鑣的還這麼多嘴。」

「萬分抱歉……我們忍不住就……」

「唉……」

「尤莉亞小姐，大家都在稱讚妳喔！還說妳是了不起的人物！大陸上有形形色色的亞人，他們都因為各種負面傳言而受到人類排斥，所以妳才成立了亞人商會！為了收容孤獨的亞人，為了盡可能改善亞人的名聲。我大受感動呢！」

「受不了……居然對善心的千金小姐透露她會愛聽的故事。」

「因為這都是事實。」

保鑣們的腳被尤莉亞輕輕一踹。事情就這麼結束了。

尤莉亞表示要去看看營收，就下樓去了。

「我會不會惹她生氣了？」

「那恐怕是在害臊。」

「這樣啊。尤莉亞小姐真可愛呢。」

菲妮說著尤莉亞聽了似乎會生氣的話，一邊朝底下的客人招手。

這持續了一陣子，直到顧客都買完東西。

接著菲妮也退到店面後頭。因為只要有她在，客人就會待著不走。

「呼～～好累喔。」

「辛苦妳了。」

尤莉亞一邊開口慰勞菲妮一邊遞出紅茶。

她手裡有著記載今日營收的書面資料。上頭所寫的金額，就連長年經商的尤莉亞也不容易看到。

「看來我誤判蒼鷗姬在帝都的廣告效果了。這下得重新評估才行。」

「效果不太理想嗎？」

「反了啦，反了。效果強過頭嘍。假如不盡快進貨，庫存一下子就會賣完。」

「啊，原來是這樣嗎！太好了！」

菲妮發現自己也有幫上忙，就一臉歡欣地喝起紅茶。

尤莉亞看到菲妮這樣，便覺得她真是個心地光明的少女，內心都暖了起來。同時，更希望菲妮永遠都能保持這樣的心。

然而，尤莉亞也明白自己想得太美。目前正值爭奪帝位的敏感期，對手不會天真到坐視敵對陣營的成功。

以這次的成果為立足點，再繼續進擊的話必定會受到阻擾。這是遲早的問題。

既然率領派系的李奧奉敕命去了南部，別派人馬應該是不會有太大的動作，卻無法斷言他們絕對不會出手。身為公爵千金的菲妮受皇帝寵愛，本來沒有人敢害她，然而對手都是繼承帝位的人選，那些皇族成員對於菲妮的身分並無所懼。

動武不在她本身的負責範圍內，那是雙胞胎皇子該去應付的事情，不過來到商場就另當別論。尤莉亞開始設想受干擾的情況，並且考慮她的下一步。

就在此時，瑟帕突然現身了。

「突然打擾您，菲妮大人，請立刻回城裡。」

「發生什麼事了嗎？」

「是的。葵絲妲殿下需要菲妮大人。」

光聽這句話，菲妮就知道葵絲妲又預見未來了。

2

「葵絲妲殿下、密葉大人，萬分抱歉，我來晚了。」

菲妮回城後立刻到了密葉的廂房。緊抱著密葉一動也不動的葵絲妲就在那裡。

「菲妮小姐……對不起，突然叫妳過來。」

「不要緊。請問，殿下這次是夢到了什麼？」

嚴重到必須急著派瑟帕專程把自己叫回城裡的未來。菲妮明白沒有空閒慢慢談，便決定立刻詢問詳情。

密葉的臉微微蒙上陰影。菲妮見狀，有了不好的預感，而且她的直覺並沒有錯。

「……對於南部發生的緊急事態，父皇大人召開了重臣會議……他就在會議進行到一半時……昏倒了……」

發抖的葵絲妲巴著密葉不放，並且從口裡勉強擠出了自己預見的未來，其內容難保不會讓帝國全土都受到震撼。

「皇帝陛下會……」

菲妮嘀咕後才發現自己的手在發抖。彷彿要抑止發抖，她用另一隻手緊緊握住手，然後深呼吸。

皇帝會昏倒。這是一樁大事。不過，即使宣稱會昏倒也有許多種情況。

「意思是……您夢見皇帝陛下會駕崩嗎？」

「……不是……我只夢見父皇大人昏倒而已……跟夢見有人過世時不一樣……」

「表示不會立刻有生命之虞嗎……」

葵絲妲預見的未來固然有不確定之處，但菲妮聽說在有關他人喪生這方面精確度就相當高。只要葵絲妲夢見有人喪生，幾乎就可以確定會成真。實際上，她也預知了人在遠方的皇太子會死。不過，現在倒要為此慶幸。既然沒有夢見喪命的情境，皇帝崩殂的可能性就較低。

「密葉大人，請問皇帝陛下是否有疾？」

「不，他並沒有宿疾，只是體力與精神似乎從三年前就開始有衰退的跡象。」

「東部一事發生之後，陛下便政務繁忙，或許會因為操勞過度而累倒。導火線就是剛才提到在南部發生的緊急事態。」

「很有可能是那樣。要暗殺陛下幾乎不可能，畢竟現在有近衛騎士團全體出動保護他，毒殺應該也無法達成。瑟帕，還會有其他方式嗎？」

「小花樣想必不管用，無論用毒或魔法都不可能謀害陛下。萬一要行刺，最有可能的方式將是竭盡全力突破眾騎士護衛。有那種能耐大概就不必費苦心了。」

菲妮聽身為頂尖暗殺者的瑟帕說完這段話，對自己的想法就有了自信。狀況是皇帝身體欠安，而非遭遇暗殺。既然如此，要採取對策會比較容易。

「那麼，密葉大人，能否請您留意皇帝陛下的健康？」

「我明白，我會關心陛下的身體狀況，並建議讓御醫來看診。不過葵絲妲已經夢見那一幕，要改變想來有困難。」

「說得對，恐怕是改變不了。憑我們，無力去改變皇帝陛下病倒的未來。無論要消除累積的疲勞，或者阻止構成導火線的南部之變，我們都無能為力。若時間充裕或許還有可能，然而帝國南部要是會發生問題，事情恐怕就在不遠的將來了。」

南部即將有狀況，幾乎可以確定的是李奧也會牽涉在內，畢竟時間點太過巧合。而眾人就算百般不願，那還是會傳到皇帝耳裡。既然沒辦法改變構成導火線的事件，也就避免不了皇帝身體欠安的結果。

「如此一來，是否要對陛下隱瞞葵絲妲預知的未來呢？」

密葉說的話讓菲妮沉默了片刻。因為菲妮覺得自己身為帝國臣民，對於皇帝的危機知情不報是有違道理的。

性命無虞這一點終究只是推測，皇帝說不定會生重病。沒有人能斷言絕無那樣的可能性。

思緒在菲妮的腦海中打轉，她卻想不出答案。然而，當菲妮想不出答案時，她眼裡突然映出了葵絲妲的臉。

心生恐懼的表情。突然夢見自己的父親昏倒的模樣，連心理建設都無暇準備，只能對那樣的未來感到害怕。

菲妮看見葵絲妲那副模樣，內心的答案便定了下來。

「……是的。艾諾大人一直守著葵絲妲殿下能預知未來的祕密。如果揭露能夠改變什麼就應該揭露，但如果改變不了，只會徒增風險。陛下也是人類，一旦能預知未來，說不定就會依賴葵絲妲殿下。那肯定會對殿下造成負擔。密葉大人，我覺得目前包含御醫在內，只需要採取注意皇帝陛下身體狀況的對策即可。」

「謝謝妳，菲妮小姐，幸好有妳為葵絲妲著想。我猜艾諾肯定也會說一樣的話。即使在陛下面前，那孩子也不會揭露葵絲妲有這種能力。皇帝將以帝國利益為先。畢竟在身為父親之前，他更是一名皇帝，如果有必要，皇帝自然會起意利用葵絲妲的力量。艾諾就是這麼想，才沒有把祕密告訴任何人，也不會讓祕密傳出去，即使面對的是李奧也不例外。話雖如此，我想李奧肯定已經發覺葵絲妲有某種天賦。」

李奧不問是因為艾諾不講，而且在大多數場合，葵絲妲身邊都有艾諾陪著。因此，李奧並不會對葵絲妲多過問。他對艾諾抱有絕對的信任，更相信只要有問題，艾諾就會主動找他談。

密葉也明白這一點。他們兄弟倆最信賴彼此，想法更是互通到彷彿能彼此讀心。自己所生的這對雙胞胎以情誼緊緊相繫著。正因如此，密葉更覺得菲妮的存在彌足珍貴。有個除了彼此之外能信任的人，對他們兄弟倆來說很稀奇。

「菲妮小姐，我真的對妳感激不盡，有妳在孩子們的身邊實在太好了。無論艾諾、李奧還是葵絲妲都一樣，當然我也受益匪淺。盡給妳添麻煩，對不起。」

「不、不會，哪的話……請您抬起頭，密葉大人。」

密葉低頭行禮的舉動讓菲妮慌了。就算菲妮身為公爵千金，皇帝妃子的身分還是比她高，更何況對方是艾諾兄弟倆的母親。

菲妮不知道該如何是好，就急著看向瑟帕那邊。然而，瑟帕只是慈祥地笑了笑。

「呃，我……哇哇哇……」

「……有心地善良的妳陪在身邊，孩子們肯定不要緊。縱使身處欺瞞、貶低、排擠他人的帝位之爭當中，他們應該仍不會迷失自我。儘管我一向放任他們倆從心所欲……

卻難免要擔心他們會不會迷失前進的路途。還請妳關照他們兄弟倆嘍。有妳在的話，我就能放心將孩子們託付出去。」

「……密葉大人，我這個人並沒有像您說的那麼了不起。但是……我會全心全意地付出，以滿足您的期待。」

「謝謝，有妳這句話就夠了。那麼，立刻採取行動吧。」

「好的！瑟帕先生，不好意思，請你動用所有關係，將風聲放給全體冒險者。」

「要放出什麼樣的風聲？」

「近期內將有大規模的委託案件，因此最好先把目前手上的工作了結。請你照這樣將風聲放出去。如此一來，就會有許多冒險者騰出空閒。假如皇帝陛下病倒了，軍隊和眾騎士都無法迅速動作，能依靠的將是冒險者。」

「遵命。」

瑟帕聽完理由便滿意似的點頭，因為那是接近滿分的答案。

「還有要跟亞人商會聯絡，先交代『我們或許會需要一筆錢』。」

「這我也明白了。那麼，恕我失陪。」

瑟帕說完就當場消失身影。接著菲妮也從現場離去。

帝國南部若發生問題，艾諾肯定會有動作，菲妮非得幫忙才行。她要盡可能先做好準備，以便讓艾諾施展身手。

這就是自己身為獨一無二的分享者所要盡的職責。

菲妮一邊在心裡如此嘀咕一邊開始行動。

3

帝國南部邊境，深邃森林中。李奧拜訪了位於該地的村落。

「初次見面，村長。我是第八皇子，李奧納多．雷克思．阿德勒。」

李奧說完就對住在村裡最大間屋子的白髮老嫗低頭致意。

被稱作村長的矮小老嫗打起哆嗦，低頭回應：

「我是希納村的村長……名叫瑪歐。感謝皇子殿下不辭辛勞，親自來到像我們這樣的村子。」

「不，無論什麼樣的村子都是帝國的一分子，皇族對全體人民有責任。」

李奧一邊這麼回答一邊柔柔地微笑。

聽見李奧說的話，屋裡另一個人吹起口哨。

「嚇著我了。原來雙胞胎會有這麼大的差異？」

「我哥在你眼裡看來如何？」

「很會擺架子。」

倚著牆的是個紅髮男子。

受艾諾要求而率領冒險者們接下村落護衛任務的亞伯。

看亞伯直言不諱的講話方式符合冒險者習氣，李奧便對他有良好印象。

「是嗎？那你目睹我哥平時的模樣或許會受到驚嚇。」

「希望如此。那個皇子居然出了高得離譜的獎金，要我們來邊境的村子裡當護衛。抵達這裡以前，大家都在害怕會冒出何種怪物耶。」

「結果怎麼樣？」

「沒有怪物，村裡一片和平。只是正如事前聽說的，有疑似人口販子的傢伙出沒。對方看到我們幾個守著就沒有對村民動手，卻不時會現出蹤影。不過，工作內容跟那筆離譜的獎金不相稱，小意思的委託（Quest）。」

這對冒險者來說理應是好事，亞伯卻顯得有些不滿。

李奧從中感受到他的職業意識而露出苦笑。

獎金少會生氣，太高又會心懷不滿。冒險者就是這麼麻煩。然而，李奧喜歡像他們這樣活得自由奔放的人。

「接下來才辛苦。我從現在起要追查那幫人肉販子，對方恐怕跟應當治理這個村子的領主也有掛勾。」

「哦？有什麼根據？」

「我一路上刻意沒經過領主所在的城鎮，但我曾示意要去巡訪。據說領主當時倉皇做出了可疑的舉動。假如他只是不承認邊境有這麼一個村子，並且無視村裡的求助，那就只會作勢歡迎我。然而，領主曾設法與某個人取得聯絡，這種舉動已足以加深他涉案的嫌疑。」

「也許他只是神經緊繃過頭啊。」

「或許是那樣。然而在我來到南部時，所有貴族應該都已經得知這次巡訪的目的。假如他只是一時不察而錯失消息，最起碼也會做做樣子來應對。實際上，位於國境一帶的其他領主都有採取對流民村落的因應措施，可是，那個領主仍沒有動作。」

「我以為巡察使多繞了一繞，沒想到當中花的心思還不少。你的優秀正如傳聞。」

「世人對我的評價倒是不好說，畢竟我尚未有任何成就。」

李奧說著便垂下目光。這是他直率的感想。

狩獵祭時，李奧曾率領騎士救駕，卻沒有發揮決定性的作用。擔任全權大使贏得兩國信任的人也不是他，而是扮成李奧的艾諾。

從參與帝位之爭至今，自己什麼事也沒有辦成。

因此李奧投注了非比尋常的意念在查辦這樁案子。他不能讓別人坐上帝位。沒辦法展現自己有意志稱帝並拿出行動的人，就不配皇帝之位。倘若連南部邊境的問題都解決不了，想稱帝根本是遙不可及的夢想。

李奧所言是出自這樣的意念。

「哎，你要這麼說的話，應該就是這樣吧。不自滿是好事，不過你可別太急著解決案子，就錯失掉自身使命的本質喔。」

「當然。我排第一思考的是村子的安穩，以及被擄村民的安危。」

「……琳是個好心腸的孩子……明明最難受的是她自己，卻沒有表現出來，她做的都是在為村裡著想。」

「……我沒有聽琳妃雅提過任何詳情。只是她會特地離村求助，我能想像她應該是遭遇了什麼重大的事。」

「是的……第一次發生擄人之事，是在距今十一年前。比琳大三歲的姊姊失蹤了，當時琳才五歲，最後一個被擄走的則是小她六歲的妹妹。事發那天，琳因為生病而久臥在床……」

「她的姊妹都被擄走了……？」

「所有姊妹當中，只有她不是異色瞳（Odd Eye）。她應該是對此感到內疚吧，因為被擄走的孩子一律有雙異色瞳。十一年前，有眾多矮人流民逃來國內，人口販子就大肆找亞人或者具有異能的孩子下手。自從皇帝陛下公布全體流民皆屬帝國子民後，犯案頻率固然降低了，我們這村子卻始終是人肉販子的目標。沒有人肯幫助我們，因為我們是流民。」

村長說著就發出深深的嘆息。

他們會成為流民都不是出於情願。

逃到帝國的流民多屬南部戰亂時期被驅離居住地的人，或者在索卡爾皇國推行亞人排除政策後遭受波及者。

帝國對流民態度寬容。然而，那是因為想吸收傑出的亞人，何況取締流民總不能光針對人類。擁有傑出技術的亞人可以在各地活躍，那以外的流民卻只能在邊境低調過苦日子。

直到十一年前，他們都被當成不存在。不過，皇帝的宣言改變了狀況。流民們為此欣喜，但是那並不代表一切都能隨之改變。

當時皇帝認同帝國內的流民皆為帝國子民，更決定在認定其身分後免除五年間的稅賦。這樣的政策對領主來說只會造成負擔，不過，實際上各地的流民村落都沒有餘力向領主納稅。正因如此，才要給他們五年時間融入領地，促進交易與開墾以催生納稅的餘力。上級是這麼下了指示，有部分領主卻刻意予以無視。

因為於己無利。李奧對此有一定程度的理解。他認為真是如此的話，仍有酌情發落的餘地，因為領主也有他們的道理在。

可是，這次情況不同。這個村落是特殊的村落，有許多異色瞳的居民以及優秀如琳妃雅的人出生於這裡，更有許多好身手的獵戶。只要能納入領地，對領主也多有助益才對。領主卻當這個村落不存在，明明派人調查立刻就會知情，還是依然故我。

因為不這麼做的話，帝國中央將會得知這個村落的存在。當中有領主想要隱瞞到底的某種因素。

「所以琳妃雅才會來到我們的陣營。一切都是中央未能督促到邊境的責任，請村長原諒。」

「不、不敢！小的受不起！剛才說那些並沒有怪罪殿下的意思！請您抬起頭來！」

「無論我怎麼賠罪，也不能療癒內心所受的傷害吧……雖然沒辦法保證受害者可以找回來，但是我將傾全力搜索被擄走的眾人，我更打算將領主的罪行公諸於世，到時候皇帝陛下應會還你們公道才是。」

「感謝殿下……！感謝殿下的大恩……！」

村長再三低頭行禮。

事情如此談完後，李奧與亞伯一塊來到外頭。

「話雖這麼說，我想你查這個案子會很費勁喔。」

「應該也是。」

「窺探村子裡的那些傢伙從舉止與裝備來看，都是行家。我本來以為擄人這種事是山賊或無賴在幹的勾當，卻沒看過有人認真到這種地步，表示這完全成了一門生意。」

「是啊，背後有規模相當龐大的組織存在。掌有這個村子的領主不算大領主，恐怕領主也只是遭到利用而已。」

「南部的貴族也有可能全體涉案，處理不當會引發南部叛亂喔。」

「那可就顏面盡失嘍。」

李奧說著便笑了出來。南部邊境的問題是最適合討皇帝歡心的問題，然而南部的貴族要是叛亂，責任歸屬難保不會指向李奧。

任務內容太過凶險了。要避免深究，查過表象就結案。

這可以說是最有效的戰略，然而——

「可是，我聽完內情以後就想幫助他們。如果我連想幫助的人都幫不了，還當得上皇帝嗎？」

「這我不曉得。但是，要說到希望誰當皇帝，我會希望有一位想救誰就有能力救誰的皇帝。」

「就是啊，所以我一路堅持來到了這裡。我付出了高額獎金，說來抱歉，你可要為這樁案子出一份力喔。」

「是是是，悉聽尊便……」

冒險者的直覺告訴亞伯，對方是個不太妙的委託人。

然而錢已經拿了，身為冒險者就不能推掉一度接下的委託。

亞伯只能聳聳肩對李奧回話。

4

帝國南方的城鎮，帕薩。在南部為數眾多的領都中，規模位於倒數的這座城鎮有棟小宅第。

在那裡，原本應該將琳妃雅出身的村落納為領地的領主戴尼斯．馮．西塔赫姆伯爵正被迫立於艱困的處境。

「換句話說……克琉迦公爵不打算保我？」

「是這樣沒錯。」

戴尼斯聽了史溫．馮．克琉迦底下派來的使者這句話，便露出一副苦瓜臉。

「那我要怎麼做？」

「大人要您成為全案的主謀，設計成一切都是您安排出來的。」

說這些話的使者面帶笑容，因為他深信戴尼斯會接受。

「為了南部是嗎……」

「正是如此。包含您在內，南部有三分之一的貴族都在協助克琉迦公爵。希望您犧牲自己以保南部的眾多貴族，因為你已經免不了要受到追究了。」

事情怎會走到這一步？戴尼斯深深嘆了氣。他今年三十三歲，是在距今十年前成為領主，當下卻只對此感到羞恥。

最初是父親留了遺言。皇帝宣布將全體流民納為帝國子民的一年後，戴尼斯的父親過世了。當時戴尼斯的父親就說過，即使帝國將流民視為子民，他也絕對不會把流民當成自己的領民。

以往戴尼斯的父親曾因流民作亂而傷了雙腿，從那之後，始終都行動不便。其怨言源自此事，年輕的戴尼斯也就聽進了心裡。

幾年後，不認流民為領民之事在克琉迦公爵面前洩了底。一旦揭露出去，戴尼斯將被趕下領主之位，受脅迫的他從此成了人肉販子的幫凶。

如今宅第地下設有人肉販子的據點，聽命於克琉迦公爵的眾多騎士更在其屋裡肆無忌憚，以防戴尼斯背叛。

戴尼斯被逼得根本無路可退，如今他即將遭到切割。

「只要我照辦，公爵就會保障領民的安全嗎？」

「當然。」

使者的話聽來虛情假意。

過去，受良心苛責的戴尼斯曾一度想向皇帝告發。那時候，西塔赫姆伯爵領的物流便受到南部貴族們阻擾，農作物也被人破壞，一票狐群狗黨對他可說極盡騷擾之能事。農作物栽培不了，物流又受到阻擾，領地的居民唯有挨餓之途。

戴尼斯向克琉迦公爵賠罪後，便發誓為其效忠。這是為了保護領民。

如果這次再起意背叛，不知道領民會有什麼下場。因此戴尼斯幾乎已經死心。

「那就好。把我當主謀揪出來吧。」

「感謝，眾人不會忘記您為南部的犧牲。」

「不必對我講這種話，何不直說就是為了克琉迦公爵？他已掌握大半南部，擺出的態度有如王者，究竟在想些什麼？」

「這與您無關。」

「這不會與我無關，我可是克琉迦公爵的墊腳石。難不成他有意篡位？」

「呵……我的主子並無那樣的心思。不過可以先告訴您，一切皆是為爭奪帝位。」

「原來如此……事情若有萬一，他打算亮出南部叛亂這張牌，進而擁戴珊翠菈殿下稱帝嗎？如此一來，克琉迦公爵將是最具權勢的外戚。照第五妃子的性格來想，應該會起用克琉迦公爵家的人擔任要職吧。那樣確實不算篡位，要叫把持國政。」

即使受到戴尼斯痛批，使者仍不為所動，畢竟這在帝國的歷史當中算不上鮮事。然而像那樣重用外戚的皇帝在位期間都不長，因為那會失去其他貴族的向心力。對於這點，不知道克琉迦公爵有何打算。

他是在背後操控人肉販子，還巧妙地將南部貴族納為己用的男人，八成有什麼盤算吧。不過，那與自己無關。當戴尼斯如此自嘲時，一道利刃突然從使者的身軀穿出。

「咳……」

「怎會……！」

「對不起……領主大人。」

這麼嘀咕的是一名年輕女騎士。這名騎士有一頭近似橙色的明亮褐髮，長度齊於肩頭。她對戴尼斯來說並不是區區的騎士。

「蕾貝卡！妳這是什麼意思！」

「您不能聽信這些傢伙說的話！他們打算殺您！」

「什麼！」

「領主大人，這些傢伙是想等您寫完自白書再滅口，然後把您的屍首交給李奧納多皇子！我們趕快逃吧！」

猛一看，除了蕾貝卡以外還有幾名騎士進了房間。

他們是在宅第裡已經屬於少數且效忠於西塔赫姆伯爵家的騎士。

「請您投靠李奧納多皇子，並告發公爵的惡行吧！皇子是在阿爾巴特羅公國也沒有對遇難者見死不救的聖人君子！他肯定會幫助您！」

「……」

戴尼斯聽完蕾貝卡說的這些話，就沉默了一陣。

要逃離這座城鎮應該可行。但是，到底能不能逃出生天呢？

在這種關鍵局面，對方不可能對背叛毫無防備。畢竟戴尼斯過去一度有意背叛。

前往投靠李奧納多的途中必有伏兵。戴尼斯如此料想，然後深深地嘆了氣。接著他嘲笑自己的愚蠢。

「哈哈哈……我是個沒用的男人。」

「領主大人？」

「……騎士蕾貝卡，我要交派任務給妳。」

戴尼斯說著就踩下位於房間一隅的某塊地板。

於是地板掀開，裡頭出現了書函。書函是由戴尼斯所筆，裡面記載了以克琉迦公爵為首的南部貴族所犯下的種種惡行。

戴尼斯有親自署名，並蓋上用於締結特殊契約的魔法血印。有那道血印，這封書函的可信度就更上一層。

「妳帶著這封書函，到帝都去。」

「這怎麼行！難道您要叫我一個人逃嗎！」

「妳是我好友的女兒，對沒有子嗣的我來說，妳就像女兒一樣……所以我才把這件事託妳。還請妳前往帝都，將這封書函呈給皇帝陛下。」

「我不聽！我要跟領主大人共進退！」

「不成。妳年紀輕輕，不該在這裡殞命。」

戴尼斯說著便拿起豎在一旁的長劍。

蕾貝卡見狀，領悟到戴尼斯已決心赴死。從小父母雙亡後，十幾年來，代雙親養育自己的主子有意送死。

蕾貝卡無法容許這種事。

「我也要戰鬥！我要報答您的養育之恩！」

「我養育妳不是為了讓妳送命！妳要活下去……拜託，為不中用的我實現遺願。」

「不要！我不聽！至少請領主大人也跟著一起逃！」

「過去我對許多孩子見死不救……事到如今，我不會苟求久活。這當然也算不上有名譽的死，在我的家門之內，名譽早已不復存在。但是，我希望自己起碼要盡到身為貴族的最後義務。」

戴尼斯說著環顧蕾貝卡以外的騎士。

所有人臉上都有著覺悟。原本他們就打定主意，死也要讓領主逃走。而領主既然有他最後的心願，便無人會阻止。

「貴族的義務……難道死就是義務嗎！」

「錯了，我要救人。從南部蒐集而來的小孩都會先集中到這裡，因為要在這裡鑑定他們有多少價值。這座宅第仍有許多小孩，我逃了不可能心安。妳說對吧？」

「可是……那我身為騎士也要戰鬥！」

「騎士之責是服從主子的命令。不許妳再任性！快走吧！騎士蕾貝卡！」

不容分說的強硬語氣。

蕾貝卡接到命令，便一邊流淚一邊恭敬地下跪將書函收到手中。

於是外頭傳來了腳步聲。聽見聲音的戴尼斯發出他最後的指示：

「妳從窗口出去。在我們戰鬥的這段期間，妳到街上宣稱發生了叛變，再趁著混亂前往帝都！」

「是……」

接到指示的蕾貝卡在窗邊待命。

戴尼斯把門踹開以後，聽命於克琉迦公爵的騎士們趕到，雙方便開始交戰。

蕾貝卡把他的背影烙進眼底，並且從窗口逃到外頭。隨後——

「有人叛變！領主的宅第發生叛變了！大家快逃——！」

來到屋外的蕾貝卡一邊這麼喊，一邊踏上前往帝都的漫長路途。

■■■

「唔喔喔喔喔！」

戴尼斯砍倒一名騎士，再奮力撞向另一名騎士。

由戴尼斯率領的人馬已經攻進宅第地下室。

宅第裡效忠於戴尼斯的騎士人數比他所想的還多，而眾人都為了領主英勇奮戰，逐步打倒了克琉迦公爵家那些把宅第當自己屋子橫行霸道的騎士。

「噫～～～！」

「礙事！」

待在宅第地下室的奴隸商人都嚇得腿軟，但是戴尼斯毫不猶豫地砍了那些人的頭。

他們是克琉迦家派來在宅第地下負責挑選小孩的人手。

戴尼斯沒有情面可以留給這種人。

接著戴尼斯與幾名騎士終於抵達孩子們所在的牢房。

昏暗的牢房裡有幾十個孩童被戴上項圈。

看到那些孩子在不衛生的牢房裡全都餓得消瘦，戴尼斯內心湧上了自己為何就不能早點行動的悔意。

「已經沒事了！我來救你們了！」

戴尼斯說著就從殺掉的看守身上搶來鑰匙，打開牢房。

可是，孩子們僵在牆際一動也不動。

看到他們那樣，戴尼斯把劍收進鞘中，緩緩地走進牢房。

「已經沒事了……我會放你們離開這裡……」

「真的嗎……？」

有個少女嘀咕。十歲左右的這個少女有著紅與藍的異色瞳。

戴尼斯看出她恐怕是流民村落的小孩，因而緊咬嘴唇。

「對，是真的……」

「我可以回村子裡嗎……？」

「對，妳可以回去……」

「我見得到琳姊姊了……？」

「對，妳見得到。有個叫李奧納多皇子的大善人已經來到這附近了，那個人會幫助你們。」

戴尼斯接近少女以後，把這名髒兮兮的少女溫柔地摟進懷裡。

「對不起……是我對不起你們……」

「我想回家……我好想回家……」

戴尼斯輕撫啜泣的少女的頭髮，並且深深點頭。

他還朝其他孩子們看了一圈，公然宣布：

「我會讓你們所有人回家，一定會。」

這句話讓孩子們臉上露出笑容。可是——

「那可不行。」

「嘎啊……」

從後頭過來的黑衣男子用劍從戴尼斯背後貫穿了他的胸口。

戴尼斯吐出鮮血，但他豁力拔出劍，轉而砍向男子。

可是，攻擊無法命中對方。這名男子會把有資質的小孩培育成暗殺者，擔任教官的他並非略通劍術就敵得過的對手。

何況戴尼斯胸口已被刺穿，處於瀕死狀態下贏不了對方是明若觀火的事實。

戴尼斯卻不放棄，因為自己根本沒有資格放棄。

話雖如此，只靠意志無法克服的實力差距存在於兩者之間。

戴尼斯抱著必死的決心舉劍突刺。

「唔喔喔喔喔喔喔喔！！」

「真是難看。」

教官躲開突刺，在錯身之際砍下了戴尼斯的頭。

那顆頭飛到半空之後，隨即滾到異色瞳少女腳下。

少女看見剛才說要救他們的男人只剩首級，一瞬間不懂發生了什麼事。然而，當她和眼睛微睜的戴尼斯對上目光的那一瞬間——

淡薄的希望碎散，恐懼和絕望支配了少女的心。

「呀啊啊啊啊啊啊啊啊啊啊啊！！」

少女的叫聲尖而淒厲，迴盪於每個角落。

與此同時，少女的雙眼發出光芒，牢房被某種漆黑的力量籠罩了。

第四章　各自的意念

Episode 4

1

從皇姊來到公爵屋邸過了三天。

結果，那天皇姊在之後就立刻離開屋邸，原本她就是為了訓練新兵而來。由於皇姊有交代告一段落後會再過來，我們就做了重重的準備。

於是到了昨晚，我們接獲傳令通知，皇姊會在明天早上過來相見。

決勝負的時刻終於來到。

「您、您覺得如何？這樣行得通嗎？」

「不要緊。公爵你別自滅威風，勇敢以對吧。」

「說、說得是。」

屋邸的中庭。

約爾亨在那裡準備了戰戟。這當然是練習用的武器，但接下來約爾亨將要用這玩意兒戰鬥。

對手自然是皇姊。

我要讓約爾亨在這裡跟皇姊決鬥，使皇姊認同他具備最起碼的實力。這就是我們所求的。

「看過你們上次的互動就知道，皇姊並不討厭你，你反而屬於她中意的類型才對。既然這樣，只要將實力展現出來就沒有問題。」

我這麼說著替約爾亨打氣。

這次提親之事就連皇帝都扯進來了。

親事能不能有進展端看當下拿出的成果。但是若失敗，約爾亨就會錯失大好機會。或許因為這樣，他顯得有些緊張。

拚到這一步，我也希望約爾亨可以抓住這次機會。應該說，抓不住可就頭痛了。

皇姊的親事若能談成，往後親人的問題就容易找我商量。因為我終究是帝位之爭的協助者而非當事者，父皇要使喚我也比較方便。儘管我對麻煩事敬謝不敏，為了讓局勢有利也只得配合。

藉這個機會，我要設法得到父皇信賴。

我跟約爾亨的利害一致。

「你不必勝過皇姊，展現出實力應該就能獲得認同。」
「是啊。莉婕露緹大人的脾氣便是如此。」
當約爾亨這麼說的時候，門口傳來腳步聲。
莉婕皇姊伴隨規律的腳步聲現身了。
皇姊看見約爾亨在中庭中央手拿戰戟擺好架勢，便傻眼似的嘆了氣。
「發現無人出迎時，我就料到會是這樣……又來了嗎？」
「又要勞煩您了，殿下。」
「學不會教訓的傢伙。」
皇姊說著將管家準備的練習劍接到手裡。
她揮了幾次確認過手感，隨即擺好輕鬆迎戰的架勢。
「過來，讓我見識你所謂努力的成果。」
「是！」
宛如師生。
一邊是提親的男方，另一邊則是拒絕的女方，就因為這樣才教人傻眼。
以二十過半的男女來說，未免太缺乏情調。
不過，沒有人知道他們會在哪裡天雷勾動地火，而我又是負責點火的那個人。

「那麼，比試開始的口令由我來下。能夠讓皇姊中一招就算萊茵費爾特公爵獲勝，規則就這樣說定好嗎？」

「無妨。雖然我認為他辦不到。」

「居然會輕敵，這不像元帥閣下的作風呢。」

約爾亨難得露出挑釁的笑容。

由於能耐的差距難以彌補，我才建議他挑釁。

約爾亨本身曾對這類手段面有難色，但我說服他這是戰略。

而且這戰略漂亮地發揮了效果。

「哦？你口氣變大啦？敢對我用上輕敵這種字眼，可見頗有自信。」

「這並非自信，是我冷靜做出的判斷，元帥閣下。」

「很好。既然你說我輕敵，就證明給我瞧瞧。我只以非慣用的手來迎戰。」

莉婕皇姊說著便把劍換至左手，右手則繞到背後。

一瞬間，我差點忍不住握拳叫好。想也知道性格好強的皇姊被挑釁會有什麼反應，她絕對會互拚氣勢亂加碼。

只以單手作戰，再強的高手也多少會吃虧，更遑論她用的並非慣用手。即使如此，雙方在能耐上的差距仍舊難以彌補，但是約爾亨要讓皇姊中招的可能性將會提高，皇姊也比較容易認同他有實力。

或多或少陷入苦戰的話，皇姊就不得不服氣，何況她並沒有度量狹小到會用自己提出的讓步條件當藉口。雖然她不肯分我吃茶點就是了。

「皇姊，我先做個確認，要是萊茵費爾特公爵施展出足以讓妳信服的一擊，到時候妳也會——」

「我當然認同。假如他是如此有長進的男人，我自會嫁他為妻。」

得到承諾了。

我回答「明白」以後，就將右臂伸到雙方之間。

接著看他倆準備好，我便下了口令。

「開始！」

「唔喔喔喔喔喔喔喔！！」

約爾亨在比試開始的同時施展出全力一擊。

對此皇姊不予閃避。她只靠非慣用手，還是以重量遜於對手的劍硬接那一擊。

兵器發出相碰的巨響。

皇姊漂亮地接下了戰戟。

「怎麼？就這點本事？」

「哪的話。我早設想過您會接住這一擊，因為您是不避戰的人物。」

約爾亨說著就使勁將雙臂下壓。

皇姊再高強，單純比力氣似乎仍會落於劣勢。雖然她用全身擋下了開場的那一擊，約爾亨卻在陷入膠著後開始靠重量壓制。

「哼！艾諾給你出的主意嗎？看來你多少懂得用戰術了。」

「所以您打算怎麼辦？」

「你以為這樣就制住我了？記清楚，攻擊的瞬間正是最無防備的。」

話說完，皇姊冷笑後卸勁迴身。

由於支撐重量的對手不見了，戰戟一直線朝地上劈落。在旁華麗轉身的皇姊順勢朝約爾亨出了一劍。

不妙。

當我如此心想時，兵器相碰聲再次迸現。

轉眼望去，約爾亨用戟柄擋下了皇姊的劍。

「哦？」

「我選用這項武器也不單是因為夠重。」

「挺有長進嘛。可是，擋下攻擊你就滿足了嗎？」

兩人互相拉開距離。

約爾亨緩緩轉起了戰戟。

他想藉離心力一擊把防禦的對手掄飛嗎？

皇姊大概也在提防那一招，就沒有踏進約爾亨出手的範圍。

可是，節節進逼的約爾亨不容許她那樣迴避。

「你使得可真靈活。」

「畢竟我本身變重了，得心應手啊。」

「怪傢伙。你就這麼想娶我為妻？」

「哪的話。我只是想待在您身邊。」

「這不就是同一回事？」

「很遺憾，兩者差多了。分不清這一點的話，看來殿下也還有得學。」

「哼……小家子氣的挑釁方式。」

皇姊說著便停止後退。

她打算接受約爾亨的挑戰。受不了，明明事關自身將來，她還要涉身於不利自己的狀況。

換成以元帥身分指揮軍隊，皇姊大概就不會這麼做，但這是個人的戰鬥。

所以她會貫徹自己信奉的主義。

約爾亨對皇姊可真了解，果然厲害。

「喝啊啊啊啊！」

約爾亨大舉揮動戰戟，拉近敵我間距。

接著他靈活控制戰戟旋轉的方向，改採突刺的架勢。

有一手。

這招理應完全出乎意料。

儘管我是這麼想的。

「想得美。」

在戰戟完全發揮力道前，皇姊探出的劍就制住了戟尖。

點對點的高超絕活。

不過更重要的是，她怎麼會看穿約爾亨要用突刺？

之前已經讓皇姊意識到戰戟使起來有多威猛，再說約爾亨會選用戰戟本來就是看重它的威力與分量。正因為熟知其中緣由，皇姊應會預測對手的下一招將是重劈……

「為什麼……」

「呵，這下你可吭不出聲了。」

「難道說……您賭我會用突刺？」
「誰會做那種傻事。我看穿了而已。因為你是個浪漫主義者，我早想到你絕對會用以往被我評為力道不足的突刺來進攻。正如同你懂我的性子，我也懂你的性子。」
「唔……」
約爾亨再次拉開距離。
然而看表情就知道，剛才那是壓箱底的祕策。絕招已出。
對手完全破解招式了。
他已經無計可施了吧。
「比試結束了。又是我贏，約爾亨。」
「……是的，我敗了……」
約爾亨垂頭認輸。
而莉婕皇姊在他面前昂然一笑。
「哎，你的表現不差。」
「那麼，意思是您願意接受嗎？」
「這跟那是兩碼子事。我沒有見識到足以服人的一擊，跟你的親事也就免談。」
皇姊殘酷地這麼告訴他。

約爾亨一臉茫然地聽著這些話。

「皇姊……！請問妳對公爵有什麼不滿意……！」

「怎麼？你這是在護著他？」

「難免會的。公爵明明這麼努力，請皇姊不要拒人於千里之外。我看了就曉得皇姊中意他。假如當中有什麼理由，拜託皇姊說清楚，被折騰的公爵讓我感到同情。」

我這麼告訴莉婕皇姊，她就思索了片刻，然後看似落寞地露出一抹笑容。

那屬於我從未見過的笑容。

接著皇姊微微點頭。

「說得也對……約爾亨，你聽好。」

「是……」

「別再來糾纏，這令我困擾。」

她說出了令人難以置信的話。

一瞬間，我不禁懷疑自己的耳朵。

剛才，這個人說了些什麼？

約爾亨似乎也感到震驚。

但是——

「……是嗎……您會感到困擾……」

「對。」

「……是我缺乏自知之明，萬分抱歉。往後，我不會再膽大妄為地向您提親。」

約爾亨說完就深深地低頭行禮。

惱火的我朝皇姊一看，焦躁的情緒卻頓時煙消雲散。

因為皇姊露出了前所未見的消沉臉色。

「那麼，恕我失陪。艾諾，約爾亨麻煩你關照。」

「咦？等一下！皇姊！」

皇姊露出缺乏英氣的背影離開。

回頭看去，約爾亨則是雙膝跪地處於失魂落魄的狀態。

這是什麼情況啊！

我要顧哪一邊才對？

多希望李奧在場——我一面這麼想，一面看著雙方做比較。

我追到了皇姊後頭。

因為我認為這肯定有什麼理由。

真感到困擾的話，她不可能會露出那種表情。

2

「皇姊！莉婕皇姊！」
「怎樣？你還有什麼要說？」
莉婕皇姊不悅似的回話。
她散發出要人別靠近的氣場，聲音和表情也都表示出不悅。換成平時，我應該不會接近。
可是，這次我總不能怕事。
「別說還有或沒有，根本什麼問題都沒解決啊。」
「我照你說的，明確地拒絕了約爾亨。你有什麼不滿？」
「如果那樣能讓皇姊心裡舒坦，我毫無怨言。可是，皇姊並沒有吧？」
「說這什麼話？我心裡爽快得很喔。」
「皇姊真不會撒謊。」
那並不是感到爽快的臉色。

看起來反而像是在後悔的臉。
「要不要走一走談一談？我有一大堆事情想問皇姊。」
「我沒有什麼好談。」
「這樣啊……其實葵絲妲交到了感情要好的男性朋友。」
「什麼！對方是什麼樣的男人！懂不懂事！年紀呢！」
「騙妳的。」
皇姊露出一時失察的臉色。
隨後——
「是嗎？久久沒被我訓練，你現在是想重溫對吧？」
「哇～～！開玩笑的啦！玩笑話！不過皇姊就是什麼都不知情，才會連這種謊話都看不穿吧？」
我一面攔阻把手伸向腰際佩劍的皇姊，一面苦笑。
皇姊短暫思索以後，呼了口氣。
「……你最好長話短說。」
「這就要看皇姊了。我們邊走邊談吧。」
我說著就跟皇姊並肩走了起來。

皇姊始終默默無語。

她在這種氣氛下果然不會主動開口。

「有幾件事讓我感到好奇。」

「精簡成一件。」

「這樣啊……那我只問一件事。三年前，皇姊跟李奧發生過什麼？」

她應該沒想過會被問到這件事吧。

莉婕皇姊隨之瞠目。

接著她從我面前轉開了目光。

「只問一件事的話，皇姊就肯回答吧？」

「……那與現在的話題無關。」

「是嗎？大約從那個時期開始，皇姊回帝都的次數就大為減少了耶。互動也都只靠書信，由我看來會覺得皇姊是在躲人。」

莉婕皇姊嫌惡似的瞪了我，然後把視線挪往天空。

緊接著——

「……三年前，舉行皇太子的葬禮時，我想採取某項行動，就被李奧阻止了。」

「皇姊想做什麼？」

「我打算去殺了蘇珊。」

「這可真是……」

很像皇姊會有的行為。

而且也很像李奧會有的行為。

倒不如說，原來發生過這種事。

李奧那傢伙也很會保守祕密耶。

「我母親會死還有皇太子會死都與那女人有關，我有這種把握。所以我才想為帝國除去憂患……李奧卻擋到了我面前。」

「因為無憑無據就殺害皇帝的妃子，皇姊也會受罰啊。」

「即使如此……我還是想殺她。我覺得自己無論如何都不能原諒她，所以當時我才打算硬闖。可是……李奧再怎麼挨打都不肯讓路，他說那是錯的，不放我過去。」

「很像那傢伙的作風。」

「……李奧說過，裁決應該交由法律。然而，法律卻無能為力。皇兄被人用不留證據的方式殺害了，那只好砍了凶手……我是這麼想的。所以我抱著就算讓李奧昏厥也要闖過去的念頭，揍了他好幾拳。沒錯……好幾拳。」

這麼說來，皇太子逝世以後，那傢伙曾關在房裡一陣子。

我以為李奧受了刺激，原來是因為被皇姊揍。

「即使如此……李奧始終沒有退讓。他說我是錯的，還說皇兄不會希望我那麼做。但是……已經有兩個家人遇害……我沒辦法默不作聲。我叫他別講冠冕堂皇的大道理，還質疑他怎麼能理解我發過誓要和母親一起支持皇兄卻失去至親的心情。被留下的人是什麼心情，他會懂嗎……對此，李奧告訴我：葵絲妲要怎麼辦？其他家人呢？帝國呢？皇兄在世時想守護的事物呢？放棄一切的責任只等於逃避。」

「……那麼，皇姊妳是怎麼回答李奧的？」

莉婕皇姊的視線從天空落到地面。她的表情十分沮喪。

我還是第一次看到皇姊露出這種表情。

「……我什麼話也反駁不了……於是我才察覺自己氣得失去了理智。察覺以後……我沒辦法繼續待在現場。我沒有臉見傷痕累累的李奧……就逃也似的回到了國境。」

「原來如此。皇姊無法原諒那樣的自己，才會對他人避而不見？」

「……對，我沒有辦法原諒，同時也感到害怕。假如李奧沒有阻止我，我應該已經做出愚昧的行為了。我對那樣的自己感到害怕……就不再與他人深交，跟熟人間的關係逐漸斷絕。即使如此，關係仍沒有斷的只剩你和葵絲妲……還有約爾亨。起初我曾對苦苦糾纏的約爾亨感到困擾……卻也對他懷有感激。」

甫一回神，我們正逐漸登上山丘。

皇姊默默地繼續往上走，抵達丘頂後就坐到那裡所擺的長椅上。

那模樣跟平時充滿英氣的皇姊判若兩人。

「只跟『能一同赴死之人』結婚。皇姊這句話就是在這種背景下出現的產物吧。」

「……獨留於世的如果是我，我不知道自己會做出什麼。就算這樣……我也不希望對伴侶造成獨留於世的痛。我是軍人，對自己的死有所覺悟。可是……我無法容許軍人以外的人喪生。」

「所以妳才阻止萊茵費爾特公爵從軍？」

「約爾亨能力優秀，可以讓他管理軍糧，或許也可以讓他當參謀。可是，他沒辦法與我一同赴死。我不想讓約爾亨嘗到我感受過的痛。」

「可是，皇姊也無法絕情到跟公爵斷絕往來，因為他是妳最親的朋友，對不對？」

「……我不知道對方是怎麼想的。約爾亨對我來說是老交情的朋友，但是被你勸過以後，我有了想法。我不該用自己的任性把他綁住，我一直……在依賴他的好意。」

所以她就對約爾亨說了剛才那些話？

不知道這該稱作笨拙或什麼來著。

或許皇姊的時間一直都停在三年前。

她只正視身為軍人的職責，就忽視了許多事物。

沒有人能責備這一點。跟皇太子感情最要好的正是皇姊，她把皇太子視為自己應該支持的主子，正如我看待李奧那般。

如果失去李奧……我到底還能不能向前進？

有困難。我恐怕會採取跟皇姊一樣的行動。

可是，如果那被人阻止了呢？

原來皇姊活到現在，一直都懷著無處發洩的情緒。

「我不會說自己能理解皇姊的心情，因為我並沒有失去任何人。長兄生前是個值得尊敬的人物，以親人而言卻與我少有往來。我有母親，也有弟弟，我不曾失去自己重視的某個人。可是，我仍有話要說。」

「你要說什麼……？」

「我把妳當成親人，葵絲姐與母親也是，李奧恐怕也一樣。所以我對妳現在的生活方式感到難過，我不認為妳這樣活下去能在將來獲得幸福。」

「我根本不求幸福。我心中描繪的幸福理想……在三年前就破滅了。」

「李奧會創造更勝於彼的理想，所以請皇姊也要向前進。」

這是一句缺乏說服力的話。

李奧剛參與帝位之爭沒過多久，斷言他能創造勝過皇太子的理想，只是我身為親人偏心罷了。
李奧常被拿來跟皇太子比較，他本人也以皇太子為榜樣。
可是，甚至沒有人說過他能與皇太子比肩。目前的李奧樣樣不如皇太子。
不過——
「李奧不足的部分由我來彌補，我們合兩人之力就能超越長兄。我們會合力展現出理想程度更勝妳與長兄心中所描繪的未來，所以請妳要努力展望。」
「……口氣可真大。我跟皇兄的理想遠比你想像中的還要壯闊喔。」
「正合我意。」
話說完，我直直看向莉婕皇姊的眼睛。
她的眼神和平時不同。
平靜的眼神。
「……看弟弟成長的感覺真不可思議。」
「會嗎？那妳看了李奧會覺得更不可思議喔，那傢伙一樣有成長。不只我們，偉大的皇太子逝世以後，大家都各有成長。萊茵費爾特公爵也是。努力要配得上妳的那個人就此破局絕非美好的收場。假使皇姊無意結婚也沒關係，但是，皇姊心裡並不討厭那個人吧？」

「哎……他是肯為我努力的男人，我甚至對他感到欣賞。不過，我當然無意把他當異性來看待。」

「既然這樣，就請皇姊照實告訴他吧。斷絕關係未免太過狠心。」

「話是如此沒錯……」

總覺得皇姊有難言之隱。

難不成——

「皇姊不會跟我說尷尬吧？」

「尷、尷尬是必然的吧！像那樣跟他劃清界線以後，我要說什麼才好！」

「有什麼關係呢，隨便安撫幾句就好啊。那個人不會放在心上啦。」

「我會！要我主動修復關係免談！由他來拜託，我再答應一切恢復往常！這樣才是最妥當的形式！」

「好麻煩的人……」

「當著姊姊的面嫌麻煩像什麼話！當弟弟的就要為姊姊付出！你都肯幫約爾亨的忙了，可別說不能幫我的忙！」

唉，我明明是在協助約爾亨提親，事情怎麼會搞成這樣？

皇姊只要肯坦承是她把話說得太重，我想約爾亨一聽就會喜極而泣，但她的自尊心好像不容許。

果真是個麻煩的人。

皇姊能稍微恢復本色倒是好事啦。

一步一步來就好，所有事不會立刻就變得順利。

當我這麼想的時候，有人爬上山丘過來了。

「嗯？你是萊茵費爾特公爵的管家？」

「原、原來兩位在這裡！有、有事要向兩位殿下報告！南方點起了紫色狼煙！南部似乎發生足以危及全國的異常事態了！」

紫色狼煙是告知最高等級異常事態的狼煙，一旦點燃，會經由各地的中繼地傳至帝都。

三年前。從皇太子在前線逝世後就不曾點燃過。

而南部點起了那道狼煙。

「李奧……？」

我不禁把視線轉向南方。

那一天也是這樣。

命運的分歧點似乎總是不會讓人有時間準備迎接它的到來。
我跟皇姊同時拔腿狂奔。

3

「約爾亨人呢！」
莉婕皇姊回到屋邸就先問了這句。
因為理應在屋邸的約爾亨不見人影。
「公爵大人已經率領騎士出陣了。」
「出陣？」
動作快得教人不能不服。
但是太快了。
只帶著身邊能調動的騎士出陣，效用可想而知。
「立刻把他叫回來！現在連南方有何狀況都還沒釐清！為何要讓他去！」
「我們當然阻止過……公爵大人卻說他要為殿下開道……」

「開道？約爾亨究竟是去做什麼！」

「公爵大人前往討伐路程上的怪物了……」

原來如此。

那我能夠理解他為什麼只帶了可調動的騎士就出發。

可是那也一樣危險，而且要從這裡到南部會相當困難。

距離遙遠，到南部的路上更有許多森林。兩地之間並沒有鋪設好的道路，森林裡頭又大多有怪物潛伏。

「皇姊，正在訓練的部隊呢？」

「新兵用不得，應該只能把調來當成演習對手的騎兵營帶去。」

一營是由五支中隊構成，一支中隊大約兩百人，因此騎兵營算起來有一千人。當中大概還有傷兵與空缺，所以人數不會剛剛好，應該近千人吧。

「才一個營嗎……兵力稀少呢。」

「急著趕去的話算多了……但就算趕到也能力有限。」

紫色狼煙表示國家有重大狀況。

點狼煙的恐怕是李奧吧。目前南部有權點狼煙的充其量只有駐守南部國境的將軍，或者巡察使李奧。

紫色狼煙的效力就是這麼大。

雖然不知道是否該安心，但就算李奧死了，其嚴重性也不足以動用這種狼煙。

而狼煙會被點起，可見事態有多麼不妙。

「頂多進行威力偵察吧。」

「即使如此，想掌握事態仍需要人手，視當地狀況再來調動南部的軍隊。總之我得趕到現場才行。」

這麼表示的皇姊充滿了英氣。

身為帝國元帥的皇姊。

那麼，對此我該如何反應才好？

要靠瞬移魔法到南方不難，要帶皇姊過去也很容易。只是，要精確瞬移至目的地就不可能了。我不知道問題發生在南部的哪個地方。會是琳妃雅的村子？還是位於某處的城鎮？或者事發地點根本就沒有醒目的地標。

最糟的情況下，我還得考慮揭露席瓦的身分，把皇姊和騎兵連送到南方。當下正是這樣的局面。

然而，送一千人到南部會非常消耗魔力，這跟隻身移動無法相比。

假如要設傳送門，我希望用在更有效果的時間點。

「總之只能等騎兵連抵達了。」
「說得對……」
如此回答的皇姊臉色看起來很是擔憂。

■■■

「元帥閣下，第七騎兵營已奉召前來報到。」
「辛苦了，營長。」
壯年的營長以手抵額敬禮，皇姊也對他回禮。
看見這種場面，就會感受到軍隊的制度。
「你怎麼安排那些新兵？」
「我讓他們在練兵場待命。傳令兵已派往東部國境，不過在傳令抵達前就會加派支援才對，現在應先趕往當地。」
帝國軍基本上都把戰力集中於國境。
當然，中央也有保留戰力，不過各領地駐有領主的騎士，帝都則有近衛騎士團。
所以帝國軍是把防範外敵當作基本。

在那當中，東部與西部更是由元帥全權掌管國境守備的精銳軍。只要其他國境並無異狀，這兩處都有餘力派出援軍。他們恐怕在訓練時就一再操演過這套流程。

過去皇太子是在視察北部前線途中遭受偶發的戰鬥波及，而在指揮的過程中身亡。皇姊曾懊悔自己要是能盡早趕到就不會有此憾事。

東部國境動作迅速就是因為有此教訓。

然而——

「已經這個時間了，行軍速度快不了喔。」

「情非得已。我們只能盡量趕路。」

外頭已經一片昏暗。

接下來夜色將會越來越深。

夜晚行軍大有危險。假如想抄捷徑就必須穿越森林，但是在夜裡活動的怪物也不在少數。

繞路的話固然能迴避，但是要花的時間就多。

我沉思片刻。

該不該在這裡揭露席瓦的身分，然後施展瞬移呢？

可是，瞬移至南部城鎮就必須向該地的領主解釋狀況，而且城鎮若是與事發現場有距離，到頭來仍要在夜裡行軍。

當我遲疑該怎麼辦時，公爵的管家就上氣不接下氣地跑來了。

「出什麼狀況了嗎？」

「沒、沒有……呼……呼……我是來通知兩位殿下，都準備就緒了……」

「準備？是什麼東西就緒了？」

「您沒有聽公爵大人提過嗎……？」

管家露出難以置信的臉色，直盯著皇姊。

皇姊也露出納悶表情，不過管家立刻回過神來。

「真像公爵大人的作風呢……兩位殿下這邊請。」

管家說著就領我們到屋邸的樓上。

於是我們看見了驚人的景象。

「這是……一條路？」

有條發光的路朝南方延伸而去。

一路通往遙遠的彼端。

「公爵大人三年前開始與周遭的領主合作，建造了這條『光之道（Licht Weg）』。雖然至今仍未完成，但是這將分別延展至南方與北方，預定會形成與國境連為一線的幹道。」

「約爾亨為什麼會主持這樣的工程……？」

「名義上是要確保商人輸送物資的路線……」

「真正目的是為了讓皇姊便於趕往南北兩方嗎……」

管家靜靜地點頭。

三年前的那天。

假如有這樣一條路就不致於發生憾事。約爾亨肯定是這麼想的。所以為了不讓皇姊在變故重演時後悔，他才建了這條路嗎？

「了不起的人物……」

「元帥閣下！這樣就能以最快速度趕往南部！」

「是啊……叫底下的人立刻準備。」

皇姊發出指示，營長跑步離去。管家見狀也靜靜地從現場離開。

而皇姊望著那條光之道一陣子，然後嘀咕：

「笨傢伙……你不這麼覺得嗎，艾諾？」

「是啊。萊茵費爾特公爵領已經夠富庶了，如果這條路完成，占便宜的會是周遭的領主。」

這對萊茵費爾特公爵領當然也有恩惠，可是考慮到工程如此浩大，八成會嚴重虧本吧。

不曉得他要花多少年才能回本。

位於這一帶的領主家業大多規模不大，建設費恐怕大半是由約爾亨負擔。

「為什麼……他肯做到這種地步？」

「誰曉得呢？我不懂。皇姊只能問公爵本人了吧。」

這是謊話。

答案想也知道。

他愛她。為了誠實面對自己道出的心意，公爵建了這條路。

好讓心愛之人能去拯救要拯救的人，好讓她不再懊悔。

或許約爾亨也從三年前就感覺到皇姊有了改變。不，或許他才是感受最深刻的人。

「……艾諾。」

「什麼事？」

「我該怎麼做才好……？」

「我也不曉得，不過皇姊應該要維持本身的風範吧。如果因為有罪惡感就答應了親事，公爵八成會失望喔。他會說自己喜歡的並不是這樣的人。」

「麻煩的傢伙……」

「就是啊，我認為他這個人的麻煩程度在帝國可以排進前三名。要說哪裡麻煩嘛，就是他做了這麼多，卻一句話也沒有對皇姊提過。假如他是那種仗著自己付出這麼多而來要求跟皇姊結婚的人，那倒是輕鬆多了。」

付出了什麼就能跟對方結婚。約爾亨應該沒有這樣的觀念，他不是為了博得好感。並非為了自己，而是為了心愛之人。

當約爾亨提到希望愛得誠實時，曾讓我覺得沉重，但現在我懂了。能夠為愛做到這種地步，我甚至想給予稱許。

耿直得恐怖的一個人。

「假如皇姊並不是因為心有虧欠，而是單純覺得要結婚會想嫁這個人，大概就可以答應對方了吧？」

「不會有那種事。約爾亨到哪裡都是我的益友。」

「是嗎？哎，既然是皇姊的婚事，由皇姊決定就好了。不過……」

「不過？」

我沉默片刻，轉過腳步。

因為差不多是騎兵營準備就緒的時候了。

皇姊見狀也隨我跟了過來。

「不過怎樣？」

「皇姊在意嗎？」

「這還用問。你快說。」

「這個嘛……我只是覺得要叫姊夫的話，希望對象會是那樣的人。要當我的姊夫，最起碼也得有像他一樣的胸襟，否則我不服。」

「呵……是嗎？」

皇姊聽完我說的話便輕輕一笑，掀起藍色披風快步走了起來。

那副模樣威風凜凜又充滿英氣。

是熟悉的皇姊的模樣。

「我們走，到李奧身邊。」

「是。」

莉婕皇姊就這樣跟我朝南部一直線出發。

4

我和莉婕皇姊率著騎兵營全力趕路。儘管徹夜策馬疾奔，至今仍追不上約爾亨。

光之道是用特殊的發光石頭固定於長棍所組成。白天時是普通石頭，到了夜裡就會發光。那並不是多昂貴的石頭，連小孩爬上山都能採集到。

可是，其數量並不尋常。

聽說這尚未完成，我卻看不出究竟延伸到哪裡。

「虧他沒有國家的協助也能辦到這種事。」

「因為約爾亨跟許多商人有往來。何況那傢伙到前陣子還跟埃里格有合作關係，應該也大有影響。」

「真可怕的人耶。」

居然連埃里格都在利用。

公爵家都與帝位之爭脫不了關係。

約爾亨確實跟系出埃里格的商人有交情。要提到為何會選上埃里格，理由在於他是繼承帝位的第一人選，而且這大概是最主要的因素。

「目前戈頓並沒有把敵意指向我，但是從脾氣來想，他稱帝以後就會跟我起衝突。珊翠菈應該就不用說了吧。所以約爾亨一直都在跟埃里格接觸，這是出自他本人之口，所以不會錯。」

「他什麼事都以皇姊為優先耶。」

「是我交代隨他高興的結果，我並沒有拜託他。」

皇姊一邊策馬一邊嘀咕。

她的臉略顯不滿，應該是對有人為她擔憂這一點有些不服。

「埃里格皇兄也曉得他所求為何才合夥的吧，這條路對國家也相當有助益。」

「因為約爾亨辦事面面俱到啊。那樣他就可以把建設的成果賣給國家賺錢才對。」

「感覺他是會那麼做。」

結果，那個人的立場是只要幫得到皇姊就好，然而能拿的好處也一樣會拿。他應該想了好幾套方案在推動吧。

果真恐怖。

「幸好那個人為皇姊著迷。」

「什麼意思？」

「要不是他對皇姊一片痴心，有個公爵會研判情勢來介入帝位之爭實在太難纏了。何況他也有財力，又到處擁有人脈，想到他要是站在敵方就讓我頭痛。」

「哎，約爾亨確實很優秀，與他為敵想必棘手。」

「假如他迷上的是珊翠菈皇姊，或許狀況就慘不忍睹嘍。」

「你不要小看約爾亨，那個男人可是一直都迷戀著我喔。憑珊翠菈，沒道理讓他傾心吧。」

「……」

皇姊說這些話不知怎地顯得有點生氣。

目瞪口呆的我把視線轉向策馬跟在後方不遠處的營長。

營長面帶笑容，還對我點了個頭。

該不會是我想的那樣吧？

「皇姊……」

「怎樣？」

「啊～還是算了。我覺得講了也沒用。」

妳是在炫耀自己的夫婿嗎？——這句話差點脫口而出，但我吞了回去。

說了也只會遭到否認。

實際上，就算皇姊沒把約爾亨當對象。

我仍然可以確定她心裡是認同約爾亨的。

當我想著這些時，就發現前方有光源在晃動。

猛一看，有疑似村民的人聚集在那裡。

「軍爺們！這裡有準備食物！請各位一邊趕路一邊果腹！」
那些村民說著就把攜行的口糧遞給騎兵營眾人。
我和皇姊因此勒馬停下，營長卻催促旗下騎兵收到口糧就快點趕路。
「不好意思！請問是誰吩咐你們的！」
「嗯？怎麼著？小哥，你沒有聽說嗎？」
有個半老的女性把口糧與水塞給我。
隨後——
「是公爵大人啊。他說之後會有軍人來到這裡，要我們準備好食物。公爵大人在建造這條路時刻意騰出了空間，還拜託我們，要我們協助讓軍馬可以一邊通過一邊收取食物。」
「原來如此。」
「來！那邊的美人兒也吃吧！」
那名女性說著就把口糧也塞給了皇姊。
皇姊坦然收下東西，環顧四周。
騎兵營徹夜趕路都累了，但是多虧有村民給的食物及言語打氣，臉上就恢復了幾分神采。

這是約爾亨的用心。

「……感謝妳的好意。費用多少？」

「不用在意啦！公爵大人每月都會撥款給村裡，即使說過不用那麼多，他也不聽，只交代我們要好好招待經過這條路的人。話雖這麼說，實際上你們是第一批通過這裡的隊伍。幾位是要追上公爵大人對吧？見到公爵大人的話，請代村子裡向他問候。」

「是嗎……我懂了。我必會把話帶到。」

皇姊說完便策馬而去。

我追在她後頭，並且打開與口糧一併交到手裡的小袋子。裡頭裝著餅乾。

「因為皇姊愛吃甜食嘛。」

「囉嗦。軍人不分位階高低都喜歡甜食，畢竟這是前線吃不到的東西，有這個就能鼓舞眾人的精神了吧。」

「皇姊也提起精神了嗎？」

「別說傻話。我從一開始就不累。」

皇姊說著就加快馬速趕向前。

約爾亨就是這麼周到，他也安排了讓馬兒歇息的空間吧。

原來如此、原來如此。

「不愧是對皇姊一片痴心的男人。」

說完，我也追到了皇姊後頭。

■■■

隔天白天。

當騎兵營的疲勞差不多達到顛峰時。

光之道中斷了，而且在不遠處可以看見怪物的屍骸。

「屍體還很新呢。」

「已經近了吧。」

約爾亨的人馬離我們已經近了，代表怪物也將變多。

要開路就會連帶討伐鄰近的怪物才對，何況警戒心強的怪物本來就不敢靠近發光的詭異物體。除此以外，這條路應該也做了各種措施。

然而，路卻中斷了。

話雖如此，我們已經踏進南部。儘管不清楚李奧等人的精確位置，要抵達事發地點也只是時間問題。

當我想著這些時，前方傳來了戰鬥聲。

「是萊茵費爾特公爵的人馬。」

「看來沒錯。」

冷冷的一句話。

表情也沒有改變。但是，腳卻踹向馬腹催速。

說來說去，皇姊還是在擔心。

「公爵大人……！再纏鬥下去不是辦法！」

「傷兵退下！」

這陣子讓我聽慣了的嗓音響起。

轉眼望去，約爾亨跟他帶的人正在不遠處跟大塊頭的熊型怪物對峙。

雙頭熊。那是A級怪物。然而其特徵的兩顆頭顱中，有一顆已經血肉模糊。

但應該是受創的關係，雙頭熊似乎凶性大發，它身邊還有幾隻小型怪物。

約爾亨以及眾騎士一路討伐怪物已經疲勞困頓，面對那群怪物陷入了苦戰。

雙頭熊用利爪襲向約爾亨。

千鈞一髮之際，戰戟擋下了攻擊，這一爪卻讓他飛得老遠。

「約爾亨！」

皇姊看似按捺不住地喊了他的名字。

接著皇姊打算趕去，但是約爾亨在認出她的身影後立刻站起身大喊：

「無須出手！請您先趕路！」

「別逞強！之後交給我的部下——」

「元帥閣下若有餘力，請用於因應南部的問題！這裡交給我們處理！」

話是這麼說，約爾亨身邊的騎士並沒有多少人。

恐怕是為了不讓怪物擋我們的路而各自散開作戰吧。

皇姊無視於約爾亨的勸阻，還打算命令部下進行討伐，然而約爾亨殺氣騰騰地瞪了皇姊予以阻止。

「請不要看扁我！開道這種小事，我跟騎士們也做得來！」

「夠了！你做的已經夠了！」

「拜託您以大局為先！元帥閣下是為何而來的？是因為南部發生了足以撼動國家的大事吧！還有人在等您！請快點帶兵過去！」

約爾亨說著就朝雙頭熊發動猛攻，制住對方的行動。

營長見狀，便讓部下繼續前進。

「營長！」

「請您饒恕。公爵說得對，我們來這裡是為了趕到事發地點。」

話說完，營長在致歉後也跟著先走一步。

即使如此，皇姊仍不移動。

「約爾亨……為什麼要做到這種地步？我們得到的支援已經夠了。不用為我做這麼多……你並不是上陣作戰的材料……」

這應該是皇姊始終放在心裡的疑問。

對此，約爾亨一邊與雙頭熊較勁一邊回答：

「理由很單純……！我想要有所表現……！」

他的答覆實在過於坦率。

不過，或許這才像約爾亨的作風。

約爾亨確實是塊經商的材料，他沒有必要特地上前線跟怪物搏鬥。或許這是愚蠢的行為。

可是——

「我想在所愛之人面前風風光光……！我想要在妳面前當一個靠得住的男人……！男人挺身而戰，還需要其他理由嗎……！」

「這算什麼答案……」
「男人正是這樣的生物！要說我蠢也無所謂！我就是想為妳挺身而戰！」
約爾亨說著便氣勢洶洶地發出吼聲，逐步逼退雙頭熊。
他那有別於先前的蠻力讓雙頭熊心生畏懼。
約爾亨沒錯失這個機會，電光火石般劃過的戰戟砍飛了雙頭熊的另一顆頭顱。
「唔喔喔喔喔喔喔喔！！」
「公爵大人戰勝了！大伙跟著上！」
「喝啊啊啊啊啊！」
「唔喔喔喔喔喔喔！」
約爾亨高舉戰戟吶喊，原本精疲力盡的騎士們就跟著重振精神了。
我悄悄地偷看皇姊，她依然一臉擔心。
太好了，好像沒有露餡。
我有想過這麼做會不會有多事之嫌，卻還是提供了一點助力。
我設了消除疲勞的結界。不過就這樣而已。
明明結界並沒有強化的功效，約爾亨能扳倒雙頭熊可就讓我想不透了。
他頂多只能發揮接近於平時的力氣。現在我或許連「愛的力量」這種浮誇字眼都肯信了。

「皇姊，公爵似乎不要緊喔。」

「唉……我會留下。有我留著，公爵就沒辦法再胡亂逞強，請皇姊放心趕路吧。」

「……」

「可以嗎？」

「畢竟我已經累了，仔細想想我去了也幫不上任何忙。皇姊，李奧就拜託妳了。」

「是嗎……我明白了，李奧的事交給我辦。還有，別把自己想得太卑微，你不是都跟得上我們的強行軍嗎……艾諾，你進步了，身心都是。所以約爾亨就拜託你嘍？」

「包在我身上，他可是我未來的姊夫。」

「那還不一定。」

「不好說喔。我倒覺得他剛才夠帥氣了。」

「別小看約爾亨，有那種能耐對他來說理所當然。」

皇姊說完就策馬而去。

等到看不見她的身影時，約爾亨等人也將怪物討伐完畢了。可是，或許是我解除掉結界的關係，所有人都同時跪倒在地。

那麼，先讓他們到安全的地方避一避吧。

「真是些難照顧的人。」

我一邊這麼嘀咕一邊策馬朝約爾亨他們而去。

5

「保護逃難的民眾！別讓他們被追殺！」

李奧放聲做了這樣的指示。

原本正要前往帕薩的李奧等人立刻就發現有黑色的巨大球體飄在帕薩上空。

李奧看出那顆黑暗球體有多異常後，隨即著手準備戰鬥，還點起了宣告緊急事態的紫色狼煙。黑暗球體正是如此異樣，李奧憑直覺就發現那是不妙之物。

從未見過的那玩意兒超乎李奧所知，而那玩意兒在同一時間引發的事態也超越了李奧的理解。

不幸中的大幸應該在於近衛騎士認為操之過急的建言被李奧摒棄，他點起紫色狼煙以結果而言是正確的。

「唔！」

李奧一邊駕馬一邊揮劍。

其劍鋒指向了身上只有骨頭的怪物。

那是名叫骷髏怪的下等怪物。隸屬不死系的特殊怪物，在正常狀況下絕不會出現。

李奧擊碎敵人位於胸部的要害，打倒了一具怪物，可是這根本緩不濟急。

宛如水從杯中湧的骷髏怪正由帕薩源源冒出。

光看數量就不下數百具。

帕薩民眾在骷髏大軍的威脅下倉皇逃竄。

「李奧納多殿下！請您後退！」

近衛騎士說著就在轉眼間砍倒位於李奧身邊的骷髏怪。

可是，再怎麼砍仍有骷髏怪湧現。

「這樣沒完沒了！請殿下先撤退吧！」

「不，我要在這裡擋住它們。」

「您是認真的嗎，殿下！」

李奧的判斷讓近衛騎士哀號似的叫出聲音。

在場有李奧與擔任其隨扈的近衛騎士隊，另外就只有琳妃雅，以及亞伯和他的團隊成員，總數有沒有二十人都難講。

怎麼想都不可能擋下超過數百具的骷髏怪。

「我們一退，逃命的民眾就會從背後遭受攻擊。我不撤，在現場維持住戰線。」

「那麼請殿下退到後頭！」

「我不後退。你還有什麼要說？」

李奧一邊斬斷骷髏怪一邊問。

要退，輕而易舉，可是那會讓該保護的民眾蒙受危險。

不能為求保命就讓人民遭受凶險。

此刻的李奧並非皇帝。假如自己的人身安全對帝國有重要性，或許他會考慮撤退。

可是，他現在終究只是繼承帝位的人選之一。

其性命的分量不如皇帝。

「我在南部一路走來都貫徹自我，我懷著拯救受苦人們的心願才會待在這個地方，就連此刻也沒變。你們幾個又如何？以近衛騎士身分奉上佩劍的那天，向皇帝陛下宣誓效忠的意念仍在你們心中嗎？」

面對不停湧上的骷髏軍團，先前建議撤退的近衛騎士沉默無語。

近衛騎士身為皇帝的利劍，要當面向皇帝立誓，對自己奉上的劍與自尊立誓。

「殿下，我發過誓要為帝國與人民奉獻己身，這道誓言不會從心中消失。」

「非常好，那就要奮戰。我們在這裡爭取的時間肯定會有意義。」

「是！」

自此再也沒有人催李奧撤退。

李奧亦非感情用事才要眾人留下。

源源湧現的骷髏怪並不是毫無秩序地在行動，它們正朝著近處的敵人集結。

換句話說，李奧等人形同拖住了骷髏怪。

要是現在撤退，骷髏怪失去最靠近的目標以後，難保不會分散至南部一帶。

那麼一來，南部的領主將被迫獨力防衛自身領地，要討伐骷髏怪也就曠日費時。

若是為帝國著想，留在現場當「餌」方屬首善之策，這就是李奧的判斷。

「李奧納多殿下，我有事與您商量。」

「怎樣，琳妃雅？不會連妳都建議撤退吧？」

「後方村子是我的故鄉。很抱歉，殿下撤退的話就困擾了。」

「有一套，虧妳知道其中利害。」

李奧因為琳妃雅的思路跟自己相同而露出苦笑。

在南部貴族疑有不公情事的局面，骷髏怪若在南部分散開來，頭一個受害的將是流民村落。肯保護他們的領主恐怕是少數，有能力保護到底的領主更是少之又少。

「所以呢，妳要商量什麼？」
「找援軍過來吧。」
琳妃雅一邊講話一邊掃蕩在李奧身邊的骷髏怪。
因為她希望能有時間好好交談，一會兒就好。
「援軍？從哪裡找？」
「從南部一帶。派傳令兵到離這裡最近的城鎮。」
「難道要催促領主出兵？」
「不，領主靠不住。我們要指望的是冒險者。他們只要領得到報酬就不會背叛，也拿得出相當的成效，跟亞伯他們一樣。」
「是啊，沒有錯！我們領了大筆報酬就不會逃啦！雖然我倒想拔腿就溜！」
在近處戰鬥的亞伯一邊這麼說一邊斬斷骷髏怪。隊伍成員則在他身邊發牢騷。
「都是因為隊長見錢眼開……」
「別怪到我頭上！我有跟大家商量過吧！」
「不，大家明明就反對，隊長卻冒出莫名其妙的正義感，還說不能棄有困難的村子於不顧，結果才硬幹到底的不是嗎？」
「喂喂喂！都到了這一步，不要推卸責任啦！我們是團隊耶！」

亞伯跟隊友們像這樣拌嘴，並且保持適當的距離互相支援。

冒險者在對付怪物這方面是行家。

能獲得冒險者支援的話，確實會是強大的生力軍才對。

然而——

「南部只有公會的小型分部，光靠那裡的冒險者不足以成事。」

「這我曉得，所以要向公會全體發出委託。」

「這話是什麼意思？」

「向公會發包剿滅任務。」

剿滅任務。生疏的字眼讓李奧在記憶裡摸索了一會兒。

因為這個詞聽是有聽過。

在記憶深處。小時候聽母親說的故事中應該出現過。

「我記得那是可供眾多冒險者參加的大規模任務對吧？」

「是的。近年來鮮少舉行，但這次應該再合適不過。」

「順帶一提，鮮少舉行的理由是？」

「單純是因為所費不貲。」

李奧能夠理解琳妃雅所做的答覆。

與其投入大量低等級的冒險者，還不如投入一名高等級的冒險者。ＳＳ級冒險者就是最好的例子。

比起發包剿滅任務，委託一名ＳＳ級冒險者會便宜得多。剿滅任務就是這麼花錢。

「所以資金有著落嗎？我手頭可沒有那麼寬裕喔。」

「艾諾特殿下給了我一大筆錢，我們就用在這件事上面吧。」

「真是……哥平時明明都不花錢，卻隨手把大筆資金交給他人。」

「這樣不是很符合艾諾特殿下的作風嗎？為人寬宏大量。」

琳妃雅說著便將艾諾交她保管的錢袋遞給李奧。

李奧以為琳妃雅會跑這一趟，歪頭表示不解。

「我覺得由妳去辦理手續會比較輕鬆耶。」

「殿下不能說我全無背叛的可能性，交由近衛騎士才會比較放心。」

琳妃雅說的話讓李奧蹙起眉頭。

李奧已對琳妃雅寄予信任。他覺得對方既不會背叛，也不會臨陣退縮。然而，那是他個人懷有的信任。

在這種重大局面，不能將大任交給一介冒險者。

琳妃雅考量到李奧的立場才這麼提議。

「我會留在李奧納多殿下身邊戰鬥。因為我跟艾諾特殿下約定過了，我一定會成為您的助力。」

「琳妃雅，我早就得到夠多的幫助了。有沒有人勇於接下傳令之職！自負絕對不會藉機脫逃的人上前領命！」

李奧如此向近衛騎士問道。

只是要找人傳令的話，近衛騎士也不會領命，因為那種行為相當於在敵人面前逃亡，更別說現況是眾騎士該保護的皇族李奧都在挺身作戰。

然而，李奧補了一句「自負不會臨陣脫逃之人」。

若不在此時主動領命，就會被當成沒有自信。

所有近衛騎士都自告奮勇。李奧將錢袋交給當中最擅於策馬的騎士並下達指示。

「我要你前往離這裡最近的城鎮，向冒險者公會委託剿滅任務！冒險者公會能夠與全大陸取得聯繫！別忘了要他們將詳情也轉達給帝都！」

「是！我會立刻完成使命趕回這裡！祝您武運昌隆！」

「你也一樣！」

騎士說完就策馬奔離。

李奧則目送對方，然後把視線轉向帕薩城裡。

黑暗球體更添凶惡氣息，骷髏怪數目未減。

彷若地獄入口。

李奧懷著這種感想，一邊放空心思揮起了手中的劍。

6

在帝都，皇帝約翰尼斯召集了重臣們，因為他已透過冒險者公會掌握南部的狀況。

「那就來召開重臣會議吧……」

聲音缺乏霸氣。因為在聽說南部點起了紫色狼煙以後，皇帝的身體狀況始終欠佳。這陣子過度操勞加上目睹與三年前同樣的煙，當年喪失皇太子的精神打擊造成了皇帝當下的身體不適。

然而，他身為皇帝非得因應緊急事態。

「陛下，您氣色欠安……」

「密葉也對我說了一樣的話，她還叫我傳御醫過來，但醫生肯定會叫我休息。那是浪費時間。」

「可是……」

「你再提這事就嫌嘮叨了，法蘭茲。」

宰相法蘭茲是在擔心約翰尼斯的身體。對方是他長年侍奉的主子，模樣跟平時有異這一點，他立刻就能看出。然而，他也能理解約翰尼斯說的話。

「我明白了。那麼商討完此事以後，還請您休養身體。」

「知道了知道了。那就開始吧……我想你們也都得知消息了，南部在不久前點起了紫色狼煙……李奧納多點的。據說有不明球體出現，還冒出不死怪物大軍……我要聽聽你們的意見……」

約翰尼斯勉強講完話以後，就深深地呼了口氣，靠向背後的寶座。接著他閉上眼睛傾聽眾臣的聲音。

「陛下，恐怕由軍方將其殲滅才是上策。從中央派兵需費時日，可不可以調動南部國境守備軍前往？」

「可是那樣一來，南部國境將會守兵空虛。畢竟事有萬一，我想這時候還是該出動中央軍。只要多派幾支近衛騎士隊，戰力便足以應付，也可期盼事態早日解決。」

「出動近衛騎士的話，可會讓陛下身邊的守兵變得薄弱。莫非你忘了東部一事？」

「不然要如何是好？近衛騎士團是帝國最強戰力，難不成你想在緊急事態發生之際閒置這支戰力？」

「護衛陛下並不叫閒置！」

「陛下的安全固然重要，但是並不需要近衛騎士團全體動員來保護！現在要以解決南部問題為先！」

重臣們各執己見。約翰尼斯一邊聽著一邊對無法運作自如的頭腦感到焦躁。換成平時，他就會想出幾套解決方案，可是現在卻完全想不出。重臣們的意見也只是聽進了耳裡，並沒有納入腦海。

睜眼一瞧，重臣們顯得模糊。約翰尼斯眨了幾次眼睛想讓視野穩定下來，卻一點也沒有好轉。接著視野逐漸搖晃起來，彷彿只有自己身處於地震當中。

噁心與目眩感，外加強烈心悸。約翰尼斯難受得皺起臉。

不妙。即使心裡這麼想也沒有好轉，眾人的聲音逐漸變遠。此時此刻，連自己待在什麼地方都變得無法確定。

於是——

「陛下！」

約翰尼斯累垮似的失去了意識，法蘭茲勉強扶穩差點從寶座跌落的他。

「傳御醫！快！陛下昏倒了！」

■■■

「……嗯嗯……？」

約翰尼斯是在床上醒過來的。他扶著疼得厲害的頭，打算爬起身。可是，立刻被攔住了。

「御醫的判斷是要完全靜養。請您乖乖躺著，陛下。」

「密葉……我昏倒了嗎……？」

「是的，在重臣會議當中。」

「可惡……老了就不中用了……我躺了多久？」

「大約五個小時。」

「立刻召集重臣……我得研擬對策……南部有危……」

「會議正由宰相主導進行，請陛下安歇。」

「沒有我在場就談不出結果……平時尚且不提……目前正值爭奪帝位的時期……有好幾名大臣已選定支持的派系……孩子們將透過他們明爭暗鬥……」

每支派系都想將局勢導往對自己有利的方向。若要組織討伐軍，他們應會設法安插自己豢養的人才進去。連進軍路線及討伐方式都要成為帝位之爭的材料，那將耽擱到議論進行。

而且越是耽擱，越會讓李奧身處險境。這樣也正中其他帝位繼承人選的下懷吧。

「他們在開會的話正好……妳帶我過去。」

「不行。因為陛下需要休養。」

「南部比我的身子要緊……有眾多人民蒙受危險……李奧納多也是……妳也會擔心李奧納多吧……？」

「是啊，我擔心，然而陛下的身體對帝國更重要。若您平安，那便是一時的混亂；若您不在，混亂將永遠持續。正因如此，陛下應當休息。」

「妳的兒子……正面臨不死怪物大軍喔……再拖下去，派出的援軍將會延誤……李奧納多不會棄民不顧……若有閃失……」

「請放心。克服不了險境的話，表示李奧沒有資格擔任皇帝。再說，如果這是皇帝稍事休息便會動搖的國家，就此滅亡方能造福世間。臣子們究竟為何而存在？請您相信他們，好好休息吧。宰相是您的心腹，他定能擺平問題才對。」

話說至此，密葉就像事已談妥一樣，替約翰尼斯蓋上了被褥。而她自己則是留下來監視，以便讓約翰尼斯哪裡都去不了。

「密葉……我非去不可……」

「無論您說什麼都不行喔。啊，對了對了，期待近衛騎士是沒用的，我已經要他們所有人都退下了。」

「妳這女人……真不知該如何說妳……難道妳想軟禁皇帝……？」

「錯在陛下不聽話啊。我應該本來就忠告過了。您看來似有疲態，要不要讓御醫為您看診呢？之前我就是這麼說的。責任在於陛下沒有把話聽進去，請您甘願休息。」

「我是皇帝……休息可不成……」

「那麼，只好請您下次要注重保養，別再讓自己累倒。」

「密葉……」

「不可以。」

沒得討價還價。換成其他妃子，約翰尼斯或許哄得過，但密葉於好於壞都是個對他毫不客氣的妃子。

當約翰尼斯想著非得設法過這一關時，就覺得越來越睏。身體沉重，彷彿被人綁定於床上。

而密葉輕輕地把手湊在約翰尼斯的額頭上。手掌冰涼的觸覺讓約翰尼斯感到一絲寬心，就這麼陷入了沉睡。

7

「來，公爵，請好好休息。」

我和約爾亨等人一同待在附近的休息處。

約爾亨拓墾那塊地方原本是要供人短暫休息，如今卻幾乎成了野戰醫院。傷痕累累的騎士們陸續來到，我有一陣子都在為他們進行必需的治療。

「對不起……殿下……」

「你這是在道什麼歉？」

「明明殿下也想去救援胞弟……都是因為我不爭氣。」

「不爭氣？你嗎？」

在小屋裡脫盔卸甲躺下來的約爾亨看似懊惱地告訴我。

這句話令我苦笑。

無人有資格說此刻的約爾亨不爭氣吧。

「今天的你夠英勇了。有人敢笑你不爭氣，只怕會被皇姊砍了。」

「但是……您……」

「我沒關係。如果我留下來能讓皇姊前進，我想自己便發揮出十足的功用了。」

我如此說完，約爾亨就小聲嘀咕：「這樣啊。」並緩緩閉上眼睛。

由於不眠不休地趕路，他應該是被睡意侵襲了。

「辛苦了，公爵。或許稱你為姊夫的日子並不遠嘍。」

我這麼告訴入睡的約爾亨，然後坐了下來。

幸好約爾亨麾下原本分散各處的騎士都已聚集在此。

剩下的事就交給他們吧。

離開約爾亨休眠的小屋以後，我前往自己分到的小屋。

接著我設下驅人結界，用幻術留下自己躺在屋裡的幻影。

從遠距離施展驅人結界的效果不大，但是對疲倦的人來說應該堪用。而且也沒有人會不經允許就闖入皇子的房間，但約爾亨睡醒的時候或許會進來。畢竟菲妮也曾闖進我的房間，對公爵家的人得多多留意。

我一邊這麼想，一邊從小屋裡瞬移至帝都的密室。

於是我的管家就像心有靈犀地等在那裡。

「您回來了，艾諾特大人。」

「準備就緒了吧？」

「當然。」

「非常好。我們走，暗中活躍的時候到了。」

說完我便披戴平時那套衣服與面具，化身為席瓦。

■■■

「狀況如何？」

「南部出現了神祕球體，聽說有大量不死怪物從中而生。」

「李奧呢？」

「根據冒險者公會的情報，似乎平安無事。李奧納多殿下向冒險者公會委託了剿滅任務，正在對付怪物。」

「剿滅任務？原來如此，是琳妃雅出的主意吧。」

琳妃雅似乎有活用我交給她的資金。

託琳妃雅保管果然是對的。符合冒險者思路的妙主意。

「父皇的因應措施是？」

「這……發生了狀況。皇帝陛下昏倒了。」

「什麼！父皇昏倒了？他無恙嗎！」

「是的，陛下性命無虞。據稱是精神上受到刺激與過勞導致身體情況不佳。」

「這樣嗎……城裡現在混亂到什麼程度？」

「不知是否該慶幸，葵絲姐殿下在之前就已預知到這件事了。因此有密葉大人迅速備妥照護環境，城裡的混亂控制在最低。」

「葵絲姐有夢見嗎……她應該很難受吧。」

話雖這麼說，我忍不住鬆了口氣。父皇若在這種狀況下病危，帝國將陷入極為不妙的事態，發展到後來肯定會是內亂，因為無人能擔任帝位之爭的裁定者。

不過有別於此，我也對父皇無恙這一點感到寬心。就算這樣，也不能只顧心安。

「然而這樣一來，事情就棘手了。」

「是的。目前會議於宰相主導下，正在對南部問題展開因應，但是大臣們的步調似乎遲遲無法合拍。」

「那是當然的吧。畢竟皇帝累倒了，就算病症輕微，健康狀態依舊顯露出令人不安之處。帝位之爭將因此加速，早已決定好協助哪個派系的大臣會為己方人馬出頭，尚未決定的大臣則會設法藉此事邀功。眾人行動各懷鬼胎，要居中協調是辦不到的。」

眾人大多會求自保，肯為帝國賣命是因為地位受到保證。然而，給予保證的人物卻倒下了，這表示底下得開始準備迎接改朝換代的保身之道。

既然父皇仍健在，那不過是一時的混亂。然而，當下南部的問題既已發生，就需及早因應。

「高層討論不出結果，就沒得指望帝國軍。近衛騎士團應該也無法擅離父皇身邊，召集各地領主也要花時間。」

「這麼一來，艾諾特大人期待的戰力果然就是冒險者公會？」

「果然？」

我聽出話裡有玄機而反問，瑟帕便靜靜點頭。

其言行彷彿早就知道我在想什麼。

我確實從一開始就沒有對帝國的戰力抱太大指望。

帝國規模巨大，因此無法期待對緊急事態能有即效性的反應。身為皇族的我很明白這一點。縱使南部生變，軍方也並非立刻就能出動。

若是外敵入侵，國境守備軍會立刻出動，可是內側發生的異變並不在預料中。

該由中央派兵因應，還是由南部軍方負責對付？雙方都難做判斷。

倘若皇帝的命令能瞬間傳達就另當別論，帝都離南部國境卻太過遙遠，光是要轉達旨意就需費一番工夫。

從這點來看，冒險者就便於使喚，在這種時候會比軍方或領主的騎士們更可靠。

「哎，我確實從一開始就在指望冒險者，但你是怎麼知道的？」

「菲妮大人說您肯定會這樣安排，就事先採取了行動。她正在號召帝都以及周遭的冒險者參加李奧納多殿下主導的剿滅任務。」

「菲妮說的？呃，她會知道我的想法倒也不足為奇。可是，讓她像那樣大張旗鼓地行動沒問題嗎？」

菲妮貴為公爵千金，更是帝國封為蒼鷗姬的象徵性人物。而面對國家高層難以做出決策的問題，由她公然請託冒險者並不妥當。

「這一點請您放心。事前採取行動的雖是菲妮大人，提議由她號召的卻是宰相。」

「原來如此，很像宰相的作風。既然會議討論不出結果，乾脆就徵調冒險者。」

「是的。由於席瓦曾在東部救過菲妮大人，宰相便推測有菲妮大人出面，席瓦就會隨之行動。請您留意，宰相難保不會循著蛛絲馬跡推敲出席瓦的正身。」

「我會靈活應對啦。不過這樣的話，冒險者已經聚集到帝都分部了吧？」

瑟帕對我說的話點頭。既然如此，事情就好辦了。

雖然還得視南部的戰況而定，能帶帝都的冒險者過去便是一大優勢。

「那我這就去一趟。」

「我明白了。我會在菲妮大人身邊擔任護衛。」

交代瑟帕關照以後，我瞬移到分部的入口附近。

突然出現的我讓分部周遭的人大吃一驚，但我毫不顧忌地準備走進分部。

然而與此同時，從公會裡冒出了向帝都廣播的語音。

『帝都的居民們，很抱歉驚擾大家，我叫菲妮．馮．克萊納特。目前冒險者公會正在徵求冒險者參加由南部發出的剿滅任務，懇請各位冒險者鼎力相助。南部有人正在受苦，為了拯救那些人，公會需要大家的力量。』

菲妮的演講播放到全帝都了。我聽了她的演講，露出笑容。

很符合菲妮作風的演講，並非開口命令，而是靠真摯的懇求打動人心。

『這裡是冒險者公會，正如菲妮大人剛才所說明的，公會接到了剿滅任務的委託，任務名稱為「蒼鷗救援」。只要是B級以上的冒險者，任何人都可參加！這是睽違許久的剿滅任務！要賺錢正是時候！敬請共襄盛舉！』

這應該是公會的櫃台小姐吧。要說的話，這同樣是極具公會風格的宣傳。

話說回來，蒼鷗救援是嗎？記得任務名稱都是由公會決定，但這也太簡便了。

然而要招攬有活力的冒險者，或許這樣才對。

既然能為蒼鷗姬一戰，他們都樂意奉陪吧。

「真是單純。」

急忙趕到公會的冒險者聚集得越來越多。

不只參加者，應該也有人單純是來聲援的吧。

而我踏進被冒險者擠滿的分部。

眾人一看到我，原本被喧鬧聲籠罩的公會頓時一片安靜。

當中只有負責填寫參加者名稱的櫃台小姐開口講話。

「請、請告知姓名與等級。」

「SS級冒險者，席瓦。我是來參加這次的剿滅任務。」

櫃台小姐一臉緊張地寫上我的名號。

就算是冒險者公會，也沒有手段能讓人立刻趕到南部。即使如此，冒險者會聚集到分部都是因為有我在。

冒險者們也都明白這一點吧。

所等之人已至。冒險者們看見這一幕便齊聲高呼。

「你終於來啦！席瓦！」

「有你在等於多了千人之力！」

8

「咱們趕快去救人吧！」

在大呼小叫的眾多冒險者後頭。

菲妮從公會職員所在的位置現身了。

接著菲妮柔柔一笑，朝我行了禮。

並無言語。即使如此，我們倆仍然可以心領神會。

我靜靜點頭以後，就用全公會都能聽見的音量說道：

「剿滅任務由等級最高者負責指揮。以現狀而言是我，誰有異議？」

沒有任何人敢反駁我。

要說的話這是理所當然。帝都分部的最高等級為ＳＳ級，排底下的只剩ＡＡ級。

然而他們靠不住嗎？沒有那回事。

他們同樣是各憑本領一路保護帝國至今，身經百戰的冒險者。

「沒有異議，那就由我指揮。所有人的命都先交給我保管嘍。」

沒回應，取而代之的是響遍整間分部的大歡呼。士氣充沛，這樣就能跟怪物作戰。

黑暗球體浮現於帕薩上空後過了幾天。

在帕薩近郊擋下骷髏軍團的李奧身邊，聚集了人數超過兩千的騎士與冒險者。

「前線輪替！換班的人手立刻下去休息！」

李奧發出指示換下在前線擋住骷髏怪的兵團，並投入新的兵團。

總之為爭取時間，他們正以三班制阻擋骷髏怪。

然而，從帕薩冒出的骷髏怪數量持續增加，起初我方成功將帕薩包圍了一半，如今卻有半數反遭包圍。

「李奧納多殿下，請殿下也去休息。」

「由不得我，畢竟現在正是重要關頭。」

琳妃雅想勸一直指揮都未曾歇過的李奧去休息，李奧卻拒絕了。

李奧比任何人都掌握了戰局，也比任何人理解目前處於危險的狀況。

起初鄰近領主派出的騎士與眾多冒險者抵達時，我方曾仗著人數將帕薩包圍一半，後來湧現的骷髏怪數量卻急遽增加，現在更能零星看見比骷髏怪更強的不死系怪物。

從帕薩出現的怪物並非只是不假思索地湧來，敵人會順著我方的行動而湧現。

李奧對這一點有把握。既然如此，我方若露出破綻，就有可能被敵人攻破。

只要有些許可能性，李奧就不容自己鬆懈。

李奧等人要是在此遭到突破，大量湧出的骷髏怪就會分散至南部。鄰近領主已派出作為主力的騎士，因此將無力攔阻怪物。

如此一來，南部會陷入史上罕見的大混亂，需由軍方出兵鎮亂，國境的守備也就會跟著變弱。

環伺帝國的各國不會放過那小小的破綻。

「但是殿下累倒的話，會導致戰線崩潰。」

「我還可以。如果真的不行，我會告訴妳的。」

「是嗎……那麼，能否讓我占用殿下一點時間？前線暫由幾位近衛騎士指揮應該還過得去。」

「那倒無妨，妳有什麼事嗎？」

「從帕薩逃出的民眾當中有幾名受傷的騎士，其中一人在剛才醒過來了，還表示有話想告訴殿下。」

「這樣啊……我願意聽，或許可以對這場異變知道些什麼。」

李奧說完就把指揮交給身邊的近衛騎士，然後走向戰線後方搭建的營地。

那裡有正在休息的騎士及冒險者，還有受傷無法行動的民眾。

李奧走進設置於營地邊緣的帳篷。
「殿下您來了。」
「請繼續為傷患治療。」
李奧伸手制止打算向他請安的初老男子。
這名自稱在帕薩城裡行醫的男子逃過了一劫，卻還是留在營地裡替傷患診治，是位難能可貴的人物。
而靠著醫師治療才勉強恢復意識的騎士已失右手，腹部也受到了重創。
「我是第八皇子李奧納多，有事告知的騎士就是你嗎？」
「殿、殿下……懇請您救救我的主子……」
「你是指帕薩的領主？」
「是的……領主戴尼斯大人長年遭受要脅……因為這層緣故，帕薩被人肉販子組織利用……而且宅第地下設有牢房，用於幽禁抓來的小孩……」
衝擊性的表白。
然而李奧只是蹙眉，什麼也沒說。
因為他認為接下來的內容更重要且不容打斷。
「為了救助孩子們……戴尼斯大人便決意起事，前往宅第的地牢……我一路都跟著大人……中途卻受了傷，被同伴帶到屋外……後來，那顆球體就從宅第……咳咳！」
騎士咳個不停，還吐出鮮血。
雖有醫師把血擦掉，騎士仍痛苦得呻吟嘔血。
然而，騎士的左手朝李奧伸出去。
李奧牢牢地握了他的手。
「請您……救救領主大人……萬一……來不及救領主大人……就找蕾貝卡……」
「蕾貝卡？」
「她身上……帶著領主大人的書函……拜託您替西塔赫姆伯爵家挽回名譽……我們協助那幫人肉販子並不是出於自願……」
「若你所言屬實，我會賭上自身之名助領主恢復名譽。所以你先休養吧。」
「感謝……感謝殿下……感謝……您……」
騎士眼裡逐漸喪失光彩，李奧握著的左手也沒了力氣。醫師搖頭。那是他擠出最後餘力的控訴。
即使如此，李奧仍握著那隻手好一陣子。
「殿下……」
「領主攻進宅第的地牢，黑暗球體才隨之出現。換句話說，那顆黑暗球體與宅第的地下有關連。」

「最有可能性的是那些孩子……」

「是啊。應該有身懷高強魔力，或者具特殊資質的小孩被聚集在那裡。當中或許有某種因素成為導火線，引發了這場異變。」

「既然如此，不設法處置那顆黑暗球體的話，這場異變就不會完結。」

「對。」

李奧在最後用力握緊騎士的手，然後將那隻手擱到騎士胸前。

接著他將後事交給醫師就離開了帳篷。

在李奧的視線前方，有此刻依舊悠然君臨於帕薩上空的黑暗球體。

「琳妃雅，既然那顆球體是從宅第出現的，即使球裡頭有人在也不足為奇吧？」

「是這樣沒錯……難道您想過去調查？」

「當然。我是為了援助被擄到這裡的人而來，他們是受害者，我想救那些人。」

「……我很高興您有這份心。想到妹妹或許就在那裡，我也覺得坐立不安。但是，現在需要冷靜的判斷。您是有意稱帝的重要人物。」

「正因為有意稱帝，我更要救他們才行。我想當一名要救什麼人都救得了的皇帝。可是，我若在爭奪帝位的過程中捨棄了任何人，肯定就無法當那樣的皇帝。人是會習慣的生物，因此一度捨棄過他人，我肯定就會習慣捨棄。所以我不退。」

李奧說著就對琳妃雅投以笑容。

此時，李奧的身影在琳妃雅眼裡與艾諾重疊了。

啟程那天，艾諾將裝著鉅款的錢袋交給她的身影，還有此時李奧下定決心的身影。

兩者沒有任何共通點。

外貌相似。不過，就這樣而已。然而，卻有彼此重合的特質。

於是琳妃雅總算察覺了，那是因為他們兄弟倆的行動原理在根本上一模一樣。

「兩位果然是雙胞胎呢……」

「嗯？我像嗎？像我哥？」

「是的，非常像。艾諾特殿下和李奧納多殿下都是為了『他人』而行動。」

「並沒有那麼高尚喔。我沒有，哥就不曉得了，但我只是知道自己有多軟弱而已。我肯定屬於會麻木的那種人，所以才拚命避免讓自己麻木。」

李奧邊回答邊苦笑。

認分的他每次都會想：如果自己的思路能隨切隨換有多好。

李奧認為自己是笨拙的，他會孜孜不倦地進修就是出於這個原因。他覺得自己要是像艾諾那樣玩耍，絕對沒辦法把心拉回來，所以一直在充實自我。

艾諾卻是在本身覺得非進修不可時才為之。

這在某方面來說是一種才能。

所以李奧很羨慕艾諾。

然而，他的羨慕也差不多該停止才行了。希求所缺的時期已經結束。

「我不是我哥，要靈活應對問題對我來說是不可能的，擔任全權大使時就讓我痛切體認到了，所以我會不偏不倚地走在正道上。我如此決定了，在決定來到這裡的時候。我將貫徹自我。」

「……我明白了，那我願與殿下同行。不過，機會應該還在後頭。」

「說得也是。」

只見前線正開始敗退。

不只骷髏怪，新的怪物也開始增生。

敵方非但數目占優勢，連素質都開始提升。

在當下展開突擊而送命是有勇無謀。李奧並沒有愚昧到那種地步。

李奧已決定要救人，他無意放過機會。然而，沒有機會他就不會行動。

現在是堅忍之時。

時機遲早會來。

相信時機的李奧上馬發出指示，不時也會親自上前線揮劍破敵。
不過，擁有堅強意志的李奧也就罷了。
其他人不一樣。
「唔！」
「唔哇啊啊啊啊！」
戰意中斷、體力見底的人開始被擊垮。
每有人敗陣，李奧就會去救援，破口卻不消片刻就在戰線全體蔓延開來。
而且沒過多久，李奧便接到了要命的報告。
「報告！左翼遭敵突破！」
「唔！投入預備隊伍！」
「來不及！請殿下快逃！」
「逃了也沒用，到頭來還是會被敵人從背後痛擊。」
李奧說完就搶來近衛騎士手拿的號角，並且不斷吹響。
隨後——
「誰有膽識與李奧納多・雷克思・阿德勒一同成為英雄？還有人能揮劍嗎！還有人能衝鋒嗎！還有人能向前迎敵嗎！不管是騎士、冒險者或市民都無所謂！當下仍未失去戰意之人，現在就到我的跟前集合！」

李奧高舉佩劍。

接著他又吹響號角。

號角聲直達遠方。

聽見這道幽響，莉婕笑了。

「所有人加快馬速！戰場離我們近了！」

立於前頭的莉婕將藍披風一掀，率領騎兵營的千騎雄兵馳騁趕去。

有意志的一群人正要在帝國南部集結。

9

「亞伯！你還好嗎！」

「挺得住！」

亞伯一邊回答琳妃雅一邊踹飛骷髏怪。

之前半遭敵人包圍而一路頑抗的弧狀戰線瓦解了。

對此李奧並未選擇撤退，而是以自己為中心布下方圓陣。

他這麼做使得全軍幾乎都受到敵方包圍，卻成功地一面保持戰力一面停留於現場。

然而，受到包圍便無暇休息，實情是琳妃雅與亞伯這類在現場實力屬上乘的冒險者及近衛騎士從剛才就拚命奮戰，勉強撐住了場面。

「琳妃雅，這場仗要持續多久？」

「我認為就快有進展了……」

「連妳也不曉得啊。」

亞伯邊說邊環顧四周。

變化雖是逐步的，但我方開始有人掛彩了。傷兵都會設法拖進陣型內側，因此無人陣亡，但這樣下去會變成沒有人能作戰。

「假如那些撤退的人能體恤我們而回頭救援就好了。」

「再怎麼期待那些怯戰的傢伙也沒用吧。」

聚集到李奧跟前的大約有一千人。

另外一千人因為戰線崩潰就撤退了。

撤退的幾乎都是騎士，冒險者多留在李奧身邊。憑自身意志參加剿滅任務的冒險者與領主下令派來的騎士在意識上有何差異，就這麼顯現出來了。

當然，留下來的騎士也大有人在，亞伯卻忍不住想到撤退的騎士要是在這裡，戰況應該又會不同。

尤其讓亞伯不滿的一點是原本應該在李奧身邊的近衛騎士，有幾個不見了。

「呿！果然不該接這種委託的！來這裡以後我就一肚子鳥氣！」

「那你為什麼不逃呢？」

「別說傻話。我們是冒險者，委託一接下來怎麼能溜！」

「委託的內容有包含這個？」

「我們接到的委託是要守住村子。要搞定這些怪物，保護那個皇子才是辦法吧？」

在亞伯身旁的隊友也對他講的話表示同意。

有別於在冒險者當中仍屬於好手的亞伯，其他隊友已經渾身是傷。即使如此，他們還是有笑容。

他們知道在窮途末路的狀況下，就算一臉陰沉也沒有意義。

「隊長！這場仗打完以後，請你要跟皇子多討些獎金！」

「對啦對啦！不合算！」

「一點都沒錯。就這麼辦。」

當亞伯等人如此拌嘴時。

待在方圓中央的李奧也嘀咕了。

「來了嗎？」

話音方落，騎馬部隊便同時從北方逼近而來。

那是之前撤退的一部分騎士。

「解除陣型！朝帕薩突擊！所有人跟我上！」

李奧率著保有餘力的眾騎士朝帕薩展開突擊。

而北方來的騎馬部隊也與李奧合力朝骷髏軍團突擊，並且殺入敵陣。

「喂喂喂！這怎麼搞的？那些傢伙改變主意啦？」

「是李奧納多殿下布的局呢。」

「布局？」

「殿下故意讓一部分近衛騎士離隊，要他們去率領之前撤退的騎士。因為在撤退的騎士當中，應該也有人是跟著隊伍流向而撤退，或者對戰況並不清楚的人。」

「原來他在倉皇間還能做那種指示啊……」

「遇到那種狀況，會最先冒出的念頭應該是撤退。可是，李奧納多殿下從一開始就把撤退的選項排除在外，所以他才能冷靜地指揮下一步。」

「他肯逃的話，我們這邊可就樂得輕鬆嘍。」

「就是啊。不愧是志在謀取帝位的人。」

琳妃雅如此置評後，就朝帶隊的李奧追了上去。

李奧於前頭殺出重圍，緊跟在後的眾騎士闢開路徑，冒險者們隨之長驅直入。

目標是有黑暗球體飄浮於半空的帕薩。

■■■

「殿下！請您退到後頭！已經夠了！」

「我看不出哪裡夠了！」

近衛騎士勸帶隊的李奧後退，李奧卻堅決不肯讓出先鋒。

奮勇作戰的李奧砍飛骷髏怪，一路殺進敵陣。

士氣已經提升得夠高，再來由近衛騎士代勞就好。

別動隊也已經來到附近，會合後推進力將更加提升。

想必李奧沒有任何理由要親自賣命。

「那至少請殿下到第二列，或第三列！」

「別說傻話！是我逼迫湊來的騎士與冒險者們涉險！即使如此，他們還是跟來了！

那是因為我衝在前頭！誰會追隨躲在安全地帶喊話的人！」

被李奧喝斥的近衛騎士無言以對。

因為李奧展現的這一面與以往給人的印象全然不同。

縱使武藝出色，李奧與勇猛兩字仍舊無緣。有教養的善良皇子——所有人對他的印象都是如此。

然而，此刻他帶隊衝鋒的模樣儼然是一軍之將。

「殿下……」

「默默跟上！我們一定要突破這裡！」

李奧說著就進一步催快馬速。

於是別動隊會合而來，李奧等人更加勢如破竹。

原本只能遙望的帕薩已經來到眼前了。

「帕薩近了！所有人加把勁！」

當李奧這麼號令時，有人朝他揮下劍。

李奧勉強擋下了這一劍，馬卻因而停下腳步。

而且李奧止步，代表全軍都會跟著止步。

這裡是整片怪物浩如汪洋的正中央。

停下來就意味著死。

李奧想設法繼續趕路，擋在面前的男子卻不讓他前進。

「你是什麼人！」

「呵……我是什麼人呢？」

這麼答話的是個黑衣男子。

這名男子是在宅第地牢殺害戴尼斯的教官，但他的眼睛已經染成全黑。

連原本不應該是黑色的部分都染成了全黑。

男子顯然有古怪，更重要的是他的實力讓李奧難以招架。

那並不是用高強一詞就能形容的境界。

周圍的近衛騎士不忍看李奧苦戰，就跟著加入戰局，卻還是壓制不住對方。

「唔！這傢伙打哪來的！」

「這裡為什麼會有此等強者！」

李奧自是不提，身為帝國精銳的近衛騎士們也非等閒之輩。

連他們合數人之力也無法傷到分毫的男子。

就算名揚於世也不奇怪的能耐。

「你是什麼人？」

李奧再次問道。

因為周圍的骷髏怪甚至沒有對男子發動攻擊的跡象。

「要問名號，你先自己報上姓名如何？」

「……李奧納多．雷克思．阿德勒，帝國第八皇子。」

「原來如此，皇族嗎？那我也報上名號吧。我名叫巴蘭，借你們人類所用的稱呼就是惡魔。」

「惡魔？」

那是一句衝擊性的發言。

惡魔被認為存在於另一個世界，它們是魔界的居民，在大多數場合都擁有遙勝人類的力量。

相傳惡魔曾有幾次受魔導師召喚為大陸帶來災厄，據說以往由勇者討伐的魔王也是惡魔。

而現在惡魔出現在這塊土地了。

為什麼？

「難道說……這些怪物都是從魔界來的……？」

「猜得漂亮，這是我帶的尖兵。將魔界與此地相連的召喚門已經在這座城鎮的中心打開了，遲早會有大量惡魔來到這塊土地，你們沒有明天。」

「那我們只需要把門關上！」

李奧說著便砍向巴蘭，巴蘭卻輕鬆接下李奧的劍。

「死心吧。門根本封不住。」

「要讓你遺憾了，我才剛決定不會對任何事死心！」

「呵，愚蠢。已經太遲了。」

「——那可未必。」

澄澈的嗓音響起。

與此同時，巴蘭的左手飛到了半空。

巴蘭立刻拉開距離，並看向把自己的左手砍飛的對手。

「女人……妳是什麼人？」

「帝國軍元帥，莉婕露緹・雷克思・阿德勒，李奧的姊姊。」

「皇姊……！」

李奧瞠目凝視許久未見的莉婕。

渾身英氣，藍披風翻飛飄揚。

在李奧記憶中的莉婕正是這副模樣。

10

時間稍作回溯。當李奧派出的別動隊衝向骷髏軍團，李奧等人也朝帕薩展開突擊的時候。

莉婕等人總算能在遙望時將帕薩納入眼底。

「放眼望去全是怪物啊。」

「然而，也有人在那當中奮勇前進。」

遙望認不出長相。即使如此，莉婕還是有把握，她認為李奧就在那裡。

策馬的莉婕閉上眼睛。

在過去咬牙阻止了自己的弟弟，對本身信念秉持正直的弟弟，此刻應該仍咬緊牙關想成就正道吧。

那麼，她身為姊姊能做的只有一件事。

「我們也殺進去！」

「是！」

莉婕加快馬速後，千名騎兵就追隨她而去。
他們既非冒險者也非騎士，而是在莉婕底下長年作戰至今的精銳騎兵營。事到如今，根本不需要用口號提振士氣。
每個人都已把性命獻給莉婕，他們全是一聲令下就願意奔赴死地的軍人。
「營長！用那玩意兒！」
「了解！」
接到指示的營長倏地舉起右手。
以此為信號，有百名位於後方的士兵上前。他們手握十字弓，然而，那並非一般的十字弓。
十字弓下方附有圓筒，中央鑲著小型的寶珠。
「『試造迴轉式魔導連弩』準備完成！」
「很好。驅逐我面前的那些障礙物。」
「了解！目標是正面的怪物！不需要費心瞄準！前方全都是敵人！發射就會命中！全體預備！放箭——！」
接到營長號令，百名士兵扣下連弩的扳機。
於是藉由寶珠內含的魔力，在扳機扣住的期間，箭矢不停射出。

裝在下方的圓筒會一邊旋轉一邊補充箭矢，輔助連射進行。

箭矢以正常無法想像的連射速度陸續命中骷髏怪，粉碎其身軀。

莉婕便抓準這波攻勢造成的空隙，策馬突擊而去。

「不賴的兵器，箭射完以後倒是個問題啊。」

「那是研發者的工作，我們能做的只有提出要求。」

試造迴轉式魔導連弩在寶珠魔力用完後，會淪為無法以人力發射的連弩，只能當作鈍器來使用。

莉婕訓練新兵時，也一併在後方對這項武器進行評比訓練。

然而，她卻在意想不到的場合得到了機會做實戰測試。

「將這次的運用狀況歸納成報告，要求將箭筒改為可以替換吧。一次性武器的用途實在有限。」

「沒錯。還有，也順便訂製用於對付怪物的兵器吧。」

「好主意啊。」

莉婕與營長一邊像這樣討論一邊手握各自的武器殺出血路。

連弩是規劃用於對付人類的武器，在骷髏怪身上發揮的效果便不太理想。就算箭矢貫穿身軀，在核心遭破壞之前都能一直活動而沒有痛覺的骷髏怪不適合以這武器對付。

「呵……好久沒有這樣了。」

率領少數的我方人馬朝敵軍突擊。以往進行過好幾次的行為，現在幾乎都不這麼做了。畢竟沒有對手需要這樣對付，本身的立場也不容如此。

可是，莉婕卻從眼前的狀況體會到充實感。感受到敵意就在咫尺，仍要奮勇向前。連片刻都不能鬆懈，還要尋覓求勝的窄徑。

沒錯——莉婕脫口而出。

「這才是戰場……！」

莉婕說著就露出給人深刻印象的笑容，並將敵方大軍沖散。在長年來侍奉莉婕的營長眼中，以往曾踏平各地戰場，被列國畏為姬將軍的莉婕，與此刻的莉婕重疊在一起。

那並非皇太子逝世後就喪失活力，只將心血傾注於守備國境的莉婕。

而是以往在戰場上才能散發光彩的莉婕。

「怎麼了！營長！你的腳步慢了喔。」

「是！我這就過去！」

營長被莉婕一喊，立刻就追了上去。

於是莉婕等人認出了李奧他們的身影。

■■■

「皇姊……！」

莉婕看李奧露出訝異的臉，便微微地笑了。

與艾諾相見讓她覺得弟弟長大了。可是，此刻的李奧更勝於彼。

帶頭率軍作戰的身影儼然就是將軍，還綻放出讓後方眾人願為其效命的領導魅力。

那副模樣，宛如年輕時讓莉婕誓以將軍身分支持的皇太子。

「看來未必是誇大其辭呢……」

我們合兩人之力就能超越長兄。

艾諾確實這麼說過。目睹李奧現在的模樣，可以得知那並非虛張聲勢。

那氣勢足以令人相信，由靈活的艾諾來輔佐耿直的李奧，或許就大有可為。

大概是因為這樣，敵軍當前，莉婕卻欣慰似的細語：

「你長高了嗎？」

「咦？啊……是的，稍微。」

「是嗎？那很好。還要再長大點。」

在那之前就由我來保護你。

莉婕說著便望向左手被砍飛的巴蘭。
在李奧跟莉婕講話的期間，巴蘭好幾次試圖攻擊。然而，每次莉婕的右臂都會隨之反應，結果便無法得逞。
「號稱惡魔，感覺倒挺有人樣的嘛。」
莉婕看著不會再生的左手與傷口流出的紅色血液。假如是有相當階級的怪物，能讓這點傷勢痊癒也不足為奇，眼前的惡魔卻不會再生。
莉婕從中導出一個答案。
「你附於人類身上？」
「眼力不錯嘛……不過，妳知道了又能如何？」
「這表示趁現在解決你還不算太晚。」
「妳確定？既然多了援軍，玩耍到此結束。」
巴蘭說完就高舉剩下的右手，於是那隻手從前端發出黑色光芒。
彷彿受到那道光芒牽引，從帕薩城裡出現了恐怕高達三公尺的巨大骷髏怪，還有身軀腐敗的殭屍龍等高階不死系怪物。
「我會勸妳早點逃離這裡。」
話說完，巴蘭就化為透明當場消失。

剩下的莉婕與李奧被迫做出決策。

「戰力實在太過懸殊呢。」

「可是現在撤離的話，下次能如此接近帕薩的機會不知道是什麼時候。」

「……看你的表情，答案已經確定了吧？」

「皇姊，我本來就不打算撤軍。既然惡魔需要附體的對象，我們就必須趁現在將其擊潰。若是置之不理，它們將混進人類社會。」

「你保證能打倒惡魔？」

「我無法保證。可是，就算撤退也一樣。無論率領多麼龐大的軍隊來到這裡，對手都能像剛才那樣一再喚出怪物。現在既是危機，也是轉機。」

看李奧明確說出這些話，莉婕又笑了。

隨後她便出手將直衝而來的巨型骷髏怪斬成兩半。

「那我們走吧。腳步可別比我慢喔。」

「當然，皇姊。」

「全軍突擊！目標帕薩！」

「跟上！」

李奧與莉婕就這麼齊心朝帕薩展開突擊。

■■■

在李奧等人展開突擊後沒多久。
琳妃雅與亞伯等人正逐漸與前軍會合。
然而越接近帕薩，敵方的抵抗越發猛烈。
「唔！」
連亞伯及琳妃雅都會陷入苦戰的怪物開始增加，進軍速度明顯衰退了。
這樣下去不行。正當琳妃雅心裡開始焦慮的時候。
殭屍龍釋出的火球落在琳妃雅身旁。
衝擊震飛了琳妃雅，使她被甩出前軍的隊伍。
「唔……」
琳妃雅忍著疼痛，以劍代杖撐起身子站起來。
猛一看，她被甩到了骷髏軍團的中央，骷髏怪們正朝她逐漸逼近。她想採取行動，身體卻不聽使喚。
在這當下，有只笛子從琳妃雅的衣服口袋掉了出來。

先前老矮人給她的以靈樹雕成的木笛。

求助於他人並不是壞事——老人說的話浮現腦海。琳妃雅又想到，置身死地的自己不該吹笛將友軍引來這裡。

可是，找到妹妹之前不能死的念頭勝過了這份顧忌。

「借您的笛子一用……！」

琳妃雅抓起木笛就吹。

聲音卻出不來，再怎麼吹都沒有聲音。

難道那個老人給的是瑕疵品？

琳妃雅覺得有可能。她嘆了氣，默默將笛子收回口袋。

可是，笛聲確實傳到了。傳到遙遠的帝國中心，直達帝都。

就在琳妃雅冷靜地切換心情，還設法舉起魔劍準備迎戰逼近的骷髏怪時。

她身邊的那些骷髏怪在一瞬間被轟飛了。

「唔！什麼地方來的攻擊……？」

以為殭屍龍又釋出火球的琳妃雅做勢防禦，身上的緊張感卻因為後方傳來的說話聲而得到紓解。

「妳沒事吧？先前有一面之緣的女冒險者。」

「……你怎麼會來……？」

「聽說有剿滅任務啊。我還帶了其他人手過來。」

那一瞬間，從琳妃雅身後打開的巨大傳送門有來自帝都分部的眾多冒險者發出怒號，朝骷髏軍團直搗而去。

幾百名冒險者出現，四周的骷髏怪紛紛遭到討伐。

而在那些冒險者的中心，最強的救兵開口告訴琳妃雅：

「站得起來的話就跟我走。要賺賞金正是時候。」

「好的……！席瓦……！」

琳妃雅說著就追到戴著面具的冒險者後頭。

11

在冒險者集結於帝都分部，我差不多要打開傳送門的時候。

突然間，城裡派的使者來到了分部。

「稀奇稀奇。第二皇子殿下來此有何貴事？」

「目前，城裡針對南部的異變正在進行協議。你的瞬移能力價值寶貴，我希望能將傳送時間稍微延後，讓城裡派出的部隊同行。」

意外的是埃里格低頭了。

對方跟我不一樣，普通的皇族不會向人低頭，因為他們有其地位。

「之前你們就有時間協議才對。到現在都還拿不定主意，你能保證之後就可以談出結果？」

「我已將近處的兵力調回帝都，陛下與城裡會交由他們守衛，出動近衛騎士的協議結果正逐漸成形。」

「哦？接下來不就要開始搶功？畢竟現在正值爭奪帝位的時期，任誰都想要功勞。當然，也包括你。既然早就知道談不成，我們可沒那種閒工夫等待協議成形。」

說歸說，埃里格提出的策略其實相當實際。因為憂慮父皇與城裡無兵可守，就不能派出近衛騎士，那只好調度兵力過來代替近衛騎士。

會特地調過來就是精銳部隊才對，但實力應該不如近衛騎士團。然而，要暫時頂替守城之職已經足夠。

「我早就向大臣們推薦了戈頓擔任近衛騎士的帶隊者，離正式定案應該花不了太多時間。」

「真不可思議。你在面對他國問題時明明那麼想立功，難道一換成自國內的問題，你就願意將功勞讓給身為對手的弟弟？」

「我既是皇族，更是帝國的外務大臣。姑且不談面對他國問題，現在國難當前，派系鬥爭只能擺在其次。因為我最優先考慮的就是帝國。」

埃里格說完就直直凝視我。

不壞的提議。近衛騎士能來的話更有依靠。

等待應該也是個辦法，假如我一樣把派系鬥爭擺到其次。

即使現在強出頭，感覺也只會導致帝國高層對冒險者的心證不佳。

當我內心如此搖擺時，遠方傳來了澄澈的笛聲。

我並不知道聲音是從何地傳來的。不過，很奇妙的是我能聽出笛聲來自琳妃雅，而且她正處於險境。琳妃雅在向我求救。雖然毫無根據，我卻有把握。那道澄澈笛聲是這麼告訴我的。

「可是……這段期間仍然會有人犧牲。在國家做好萬全準備的期間，還有人在爭取時間，你打算怎麼幫助他們？」

「盡力而為。」

「那我就不能接受你的提議。冒險者有別於騎士跟軍人，我們是為了幫助在上位者找不出的受害者還有不得不割捨的弱勢而存在。請回吧。我們是冒險者，不會聽任何人使喚，我要照自己的意思去做。」

「這攸關國家命運喔，應當慎重為上吧？」

「我們才不管國家會變得怎麼樣，我們要保護的永遠都是民眾的性命。你回去轉達皇帝及大臣們吧。這樁問題，由我席瓦來接手。」

「難不成你覺得自己能為所欲為？」

「ＳＳ級冒險者就是可以。還有，麻煩你別太小看我們。帝國的冒險者比皇族想的強上好幾倍。」

說完話的我腳步一轉，巨大的傳送門隨即在冒險者公會出現。

我踏進其中並且告訴眾人：

「走吧，要開工掙錢了，跟上來。」

語畢，我隨之瞬移。

瞬移後的那一刻，我發現身邊有滿坑滿谷的怪物。

不過，我看見當中有個少女站了起來。

無論怎麼看都是絕命危機，她卻不慌不忙。

那應該是在思考該怎麼辦吧。一如往常。我對琳妃雅的那副模樣苦笑，並且轟飛她身邊的怪物。

這樣衝過傳送門而來的冒險者應該也會輕鬆點。

「妳沒事吧？先前有一面之緣的女冒險者。」

我湊上前去，琳妃雅詫異似的睜大眼睛。

「……你怎麼會來……？」

「聽說有剿滅任務啊。我還帶了其他人手過來。」

在我說完話以後，帝都分部的那些冒險者就一邊叫嚷一邊從後方開的巨大傳送門衝了出來。

真有精神呢。照這樣看，敵方主力是骷髏怪。

既然如此，這裡交給他們應該不要緊。

「站得起來的話就跟我走。要賺賞金正是時候。」

「好的……！席瓦……！」

琳妃雅說著便站起身。

我施了治療魔法讓琳妃雅恢復元氣，然後跟她一同望向前方。

目標是趕到正從怪物陣仗中闖出一條路前進的李奧和皇姊那裡。

■■■

「席瓦！殭屍龍來了！」

聽見琳妃雅報告，我看向天空。

身軀腐敗且體長超過十公尺的龍正急速俯衝而來。

受不了。那可是只在文獻被人提過的怪物。

「果然不肯輕易放我們過去嗎？」

我飛上天迎擊殭屍龍。

琳妃雅在這段期間則與帝都分部的冒險者們一同掃蕩骷髏怪，並朝李奧等人的位置接近。儘管人數上依舊比不過怪物，然而勢頭在我方這邊。

只要能壓制住冒出來的幾頭高等怪物，應該就可以進軍到城鎮。

「問題在於那顆黑暗球體吧。」

我一邊閃避殭屍龍一邊看向在城鎮上空出現的黑暗球體。有強大無比的魔力正從那顆球體釋出，不過那似乎並沒有被用於攻擊。

「要顧慮的是它把力量用到什麼地方了。」

「嘎啊啊啊啊啊！」

「吵死了。」

我用結界將吼叫著衝來的殭屍龍罩住，直接往地面砸。

因為它落在大群骷髏怪當中，骷髏怪們被轟得飛了出去，但我管不著。

我向直接墜地的殭屍龍伸出右手。

〈貫殺吾敵──血腥長矛。〉

我縮短唱誦讓魔法立刻發動。

巨大的血矛從魔法陣浮現，朝著被關在結界的殭屍龍加速飛去。命中的瞬間，結界解除，血矛隨即貫穿殭屍龍。

「嘎啊啊啊啊啊……！」

血矛發出高溫，使得腐敗的身軀逐漸融化。

餘波導致周圍的骷髏怪也跟著融化。可是，以整體來看僅是極少數。

想要收拾數量如此可觀的骷髏怪，只得確實唱誦完咒語再施展大招。當我這麼想的時候，就感受到有龐大的魔力膨發而轉眼看去。

黑暗球體的旁邊。

有個男子飄浮在那裡。不過，他將自己的頭顱抱在身邊。

「無頭騎士……？」

那是相當於AAA級的不死系怪物，然而男子散發的魔力不僅如此。

對方屬於無頭的人形怪物，卻只是特徵類似，與無頭騎士有分別。

我對這一點有把握，就打算趁著那傢伙行動前先發動攻擊，敵人卻一舉移動到李奧他們那邊去了。

「嘖！」

咂嘴的我瞬移至李奧和皇姊身邊，並且從那傢伙劈落的劍刃下保護他們倆。

「唔！」

設了好幾層的結界被斬斷大半。

毫未蓄力就有這種劍威，對方肯定不是無頭騎士。

「我可不記得有拜託你出手相助，戴面具的冒險者？」

「總不能讓我方大將被敵人突襲拿下首級啊。還請包涵，元帥大人。」

直瞪過來的皇姊讓我在面具底下冷汗直流。照理說不會有問題。

這張面具是爺爺的祕藏品，別說嗓音或氣息，連給予對方的印象都能改變就是它的優點。就算親近的家人也不可能認出是我。

皇姊嘴巴上不服，卻也察覺到眼前的男人似乎是個不太妙的對手，就迅速與我拉開距離，並且應付起其他怪物。

看來就連皇姊也認不出我。
另一方面，李奧還留在我旁邊。
「席瓦嗎……好久不見。」
「你看來精神不錯，李奧納多皇子。」
「是啊，很高興見到你。不是在戰場上的話，我倒想跟你多談談。」
「很遺憾，改天再找機會吧。」
李奧點頭以後便悄悄從我身旁離去。我確認完就轉而望向眼前的男子。對方光站著而已，卻有一股非人的氣息瀰漫而來。有無頭顱並不是重點，這傢伙根本上就不屬於人類之軀。
眼睛染為全黑的男子對著我冷笑。
「居然有人能擋下我的攻擊，令我訝異。」
「我也很訝異有人能使出這樣的攻擊。」
「狂妄的人類。不過也好，久未來到地上，沒這點樂子可不行。」
「久未來到地上？」
「這麼說來，我還沒有報上名號。我名叫佛爾卡斯，現在雖借用這副身軀，但我是惡魔。」

佛爾卡斯說著就笑了。那副笑容在人類看來殘酷至極，但是對方似乎自以為那樣笑並無奇特之處。

聽見惡魔這個詞，我想起一件事。奪走我曾祖父身體的也是惡魔。

據說當時是近衛騎士團和勇爵家全體動員才將其討伐。

「身為魔界居民的惡魔竟會來到地上。你有附體的對象，可見有召喚者在吧？」

原則上，惡魔無法存在於這個世界，除非安排好附體的對象，再讓惡魔上身。

以往似乎也有魔導師用這種方式將惡魔納入支配，但現在根本沒有人會召喚惡魔。

因為要束縛惡魔非常費事，維持其存在更需要大量魔力。

畢竟一疏忽就會被殺，又無法隨心所欲地操控。如今召喚惡魔可以說是已經作古的魔法之一，沒想到居然還有人玩這種把戲。

「沒有人召喚我。」

「謊言。」

我瞥向黑暗球體。召喚者恐怕就在那之中。

「精明。然而，她的狀態無法對我下令。換句話說，召喚者形同不在。」

「但是召喚者不在，你就困擾了吧？畢竟讓你穩定存在的肯定就是召喚者。」

「那又怎樣？」

「把召喚者從那顆黑暗球體救出就好。數量誇張的這些怪物，全都是你召喚出來的副產物吧？」

「漂亮，幾乎完美的解答。城鎮中心確實有將魔界與這個世界連起的洞穴，而我從那當中被召喚出來了。而且那個洞越來越大，湧出了來自魔界的怪物。全都如你所說，除了一點之外。」

「哪一點？」

「被召喚出來的是『我們』。」

剎時間，持有強大魔力者突然現身了。

回頭看去，只見李奧身旁有個黑衣男子。

那傢伙也是惡魔嗎！豈有這種人物！居然鑽過了我布下的探測結界！

我立刻想設防禦結界，男子揮下的劍卻被追過去的琳妃雅擋住了。

「琳妃雅！」

「您沒事吧，李奧納多殿下？」

「嘖！」

動手的機會被人攔阻，使得男子顯露焦躁並藏起身影。攻擊速度並不算超凡出眾，對方恐怕屬於能完全隱身的類型。可是，那在這種敵我交錯混戰的戰場上實在太棘手。

我想過去掩護琳妃雅，卻被佛爾卡斯擋住去路。

「別擋路！」

「惡魔就是會跟人類作對啊。」

在我們說這些的時候，黑衣男子從琳妃雅背後出現，朝她揮下了劍。

糟糕。當我如此心想，腦內就響起了聲音。

『不可以！』

含有強大魔力的那道制止聲讓黑衣男子一瞬間停下動作。

這是……？

「嘖……我要撤嘍，巴蘭。」

「了解。看來這女人不能殺。」

佛爾卡斯說完，就先退到了城裡，他口中名為巴蘭的黑衣男子也消失身影。

難道說，剛才那是召喚者的聲音？可是不管怎麼想都像小孩的聲音。

「杏花……？」

「什麼？」

「剛才那是……杏花的聲音！」

琳妃雅難得露出方寸大亂的神色望向城鎮。佛爾卡斯回到了黑暗球體旁邊。假如說剛才那聲音來自召喚者——

「妳對聲音的主人有頭緒？」

「那聲音是杏花……我那個被抓走的妹妹！」

「……原來如此。有許多疑點解開了。」

八成是出了什麼意外導致力量失控。

琳妃雅的妹妹會被抓走就表示擁有異色瞳，即使天生會用魔法也不足為奇。

假如她天生會用召喚系魔法，能力又失控，事態就能獲得解釋。

儘管這規模未免太大了。

「妳妹妹恐怕就在那顆黑暗球體之中。從剛才的狀況來看，她似乎不容許敵人攻擊妳。既然在這方面還可以區分，事情或許有希望。」

「她能獲救嗎……？」

「看妳。總之，現在有必要送這個女冒險者進城。用瞬移嘛……難免有風險，難保不會遇伏。只好腳踏實地護送她過去。」

「既然如此，由我們來開路吧。畢竟我原本的目的就是要處理那顆黑暗球體。」

李奧說完就對親信使了眼色。

於是，有一名騎士下馬把坐騎讓給了琳妃雅。

琳妃雅收下以後，便跨上馬背。接著——

「假如杏花在那裡……那我非去才行。因為我是姊姊。」

「這理由很令人欣賞。我替妳引路，跟上。」

莉婕皇姊似乎對姊姊這個詞起了反應，便露出笑容立刻展開突擊。

李奧跟了上去，眾多騎士與士兵也跟了上去。原本只求抵達城鎮的模糊目標，變成由在場所有人將琳妃雅送到那裡的明確任務了。

「席瓦……我的名字叫琳妃雅，我來自邊境的村子，只是個普通的冒險者。杏花是我妹妹，還是個被流民村落養大的女孩。即使如此……你仍願意鼎力相助嗎？」

「當然，不識趣的問題少問。『為民而在』，這是冒險者唯一的鐵則。」

話說完，琳妃雅微微一笑，策馬啟程。

那麼，我就去驅逐四周的雜兵吧。

12

「別管雜兵！」

帶隊引路的莉婕喊道。隊伍便如她所說，重視向前推進甚於打倒敵人。眾人的目標只有一個。

將琳妃雅帶到黑暗球體的所在處。

而待在琳妃雅身旁的亞伯望著天空嘀咕：

「好在有SS級冒險者來支援，省掉不少工夫。」

「是啊。所幸他來了。」

席瓦一面負責對付殭屍龍、巨型骷髏怪等強大的敵人，一面也盡可能幫忙清除莉婕隊伍四周的骷髏怪。

他是琳妃雅所能想到的最強援軍。不過，為什麼吹了笛子會喚來席瓦呢？疑問從心裡湧上，但琳妃雅立刻把問題甩到一邊。那並不是她現在該思考的。

琳妃雅揮舞化劍為槍的魔劍，將骷髏怪沖散。

「我要到隊伍前面。」

「喂！大、大家都是為了保護妳才入隊的耶！」

「反正要進城就不可能毫無作為。」

「呵……我中意妳，冒險者，報上名字。」

「我叫琳妃雅。」

「莉婕露緹。認得嗎？」

「久仰，您就是皇族最強元帥，李奧納多殿下與艾諾特殿下的皇妹，第一皇女殿下對吧。」

「妳也認識艾諾？」

莉婕早習慣被人稱作李奧的姊姊，卻很少被稱作艾諾的姊姊。

這表示艾諾身為皇子少有為人樂道的事蹟，身為皇子的負面話題倒是從來不缺。

然而，琳妃雅對艾諾的話題卻露出了有好感的笑容。

「是的。第一個向我伸出援手的貴人正是艾諾特殿下。」

「艾諾啊？令人意外。」

「我也很意外。但是，那一位的為人並不像世人所評。李奧納多殿下與艾諾特殿下都是願意為他人挺身而出的人物，連我這種身分的人都肯幫助。」

「姑且不提李奧，妳把艾諾看得太高了。你不覺得嗎，李奧？」

莉婕竟然把話題拋給了正在應戰巨型骷髏怪的李奧。

李奧對她們聊的內容實在沒聽見多少，只好大聲反問：

「咦？妳說什麼！」

「姊姊講話起碼要聽進去。」

「談重要的事，請挑時間與場合！我擋下那頭怪物以後再去！請皇姊先走！琳妃雅要拜託妳了！」

「行，交給我。你也要小心。」

「好的，皇姊也一樣。」

如此對話過後，李奧就與騎士們離開隊伍去對付不遠處的巨型骷髏怪。

天上則有席瓦在應付好幾頭殭屍龍。城鎮終於近了。

「請問這樣好嗎，讓李奧納多殿下去應戰？」

「他是我弟弟，不必擔心。剛才我們談到哪裡？」

「您說我把艾諾特殿下看得太高。」

「想起來了。李奧應該會出於善意就幫妳，然而，艾諾不同，他不幫真的一無可取的人。」

「會嗎？」

「會。我那弟弟幫助人的時候，就是對方有價值讓他幫助的時候。或許在大多數人眼裡顯得反覆無常，但是艾諾有他自己的基準。有無值得幫助的能力？有無值得幫助的大義？有無值得幫助的信念？艾諾都會看這些部分。所以妳要感到自豪，艾諾救了妳，就表示妳被他認同了。」

莉婕說著便策馬斬飛位於前方的骷髏怪。

她直接讓坐騎搶進那塊空間，砍倒骷髏怪。

「艾諾拉起妳的手，李奧與妳一同走來，接下來我會替妳闢出道路。就先不提我，妳可不許讓我弟弟付出的助力白費。一定要救出妹妹，絕不能放棄。」

「是！」

琳妃雅對莉婕說的話應聲，並且前進。

之後沒過多久，琳妃雅等人就成功踏入了帕薩城裡。

■■■

「趁現在！攻擊腿部！」

李奧率領眾騎士，正在對付巨型骷髏怪。

騎士們同時攻擊巨型骷髏怪的腿，巨型骷髏怪不由得跌倒。所有人沒放過機會，直接讓它斃命。

「又來了一具！」

「預備突擊！別讓它靠近皇姊的隊伍！」

李奧當場令騎士集結，要前往討伐巨型骷髏怪。

可是，李奧身後突然有了動靜。

李奧立刻跳下馬，逃離動靜的來源。

「唔……！」

滾落地面的他感覺到側腹有陣異樣的熱。

輕湊上去的手沾了一灘血。

「直覺敏銳的皇子。」

「巴蘭嗎……」

擁有隱形能力的惡魔巴蘭就在那裡。

對方手上的劍沾著紅色鮮血。李奧的血。如果剛才沒有立刻逃或許就喪命了。李奧一邊這麼想一邊站起身。

傷口出血的狀況固然嚴重，但是不深。這樣的傷勢要作戰並沒有問題。

「殿下！我們馬上過去！」

「分出一半的兵力去阻擋巨型骷髏怪！周圍的敵人交給另一半兵力……巴蘭由我來對付。」

「可是您受傷了！」

「巴蘭的目標是我。能隱身的巴蘭會伺機出手，我只得迎戰。」

李奧說著舉起了佩劍。

原本心想李奧逃跑就可以從背後突襲的巴蘭因而咂嘴。

縱使是惡魔，也有擅於戰鬥與並非如此的類型。巴蘭並沒有多擅長戰鬥，而且附於人類身上的狀態也不完善。

佛爾卡斯附於剛死的人類身上，巴蘭附體的對象卻是還活著的人類，因此身體狀態並無法充分發揮惡魔之力。

對巴蘭來說，李奧肯逃才是有利的局面，李奧卻好似看透了這樣的心思而向他提出挑戰。

「要小聰明的皇子。」

「我會把這句話當成誇獎。」

緊張的情緒在兩人之間節節攀升。這時候，席瓦從天而降了。

「我來助陣。」

巴蘭對於強力援軍來到一事板起臉孔。要對付能擋下佛爾卡斯攻擊的人，巴蘭並無勝算。不過這名面具男子待在此處，也就表示佛爾卡斯那裡將無人能敵。

原本是為了挫敵士氣才挑皇子下手，沒想到效果超乎預期，巴蘭為此在內心竊笑。

可是——

「不必。你快趕去琳妃雅那裡。」

「我倒看不出哪裡不必。」

「她會需要你。你去吧。」

李奧迎向前去，並且這麼告訴席瓦。席瓦卻沒有退讓。

「這我可不能照辦。你若死了，我也會困擾。」

席瓦用治癒魔法治療李奧的側腹。

然而，李奧何止沒有道謝，還瞪向席瓦。

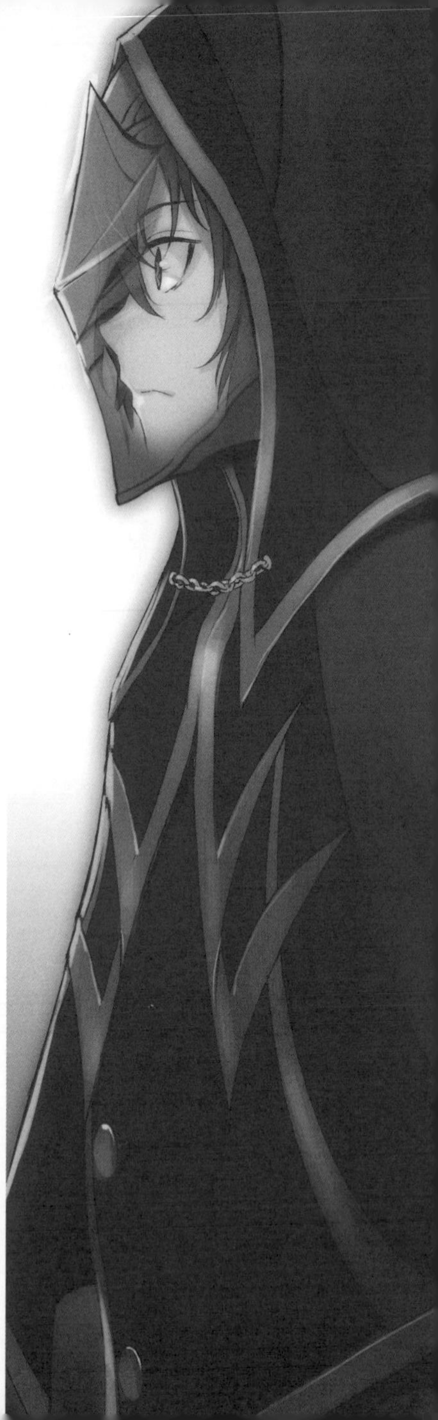

「別胡說八道……！擔心我的命不如擔心小孩的命！你不是為此而來的嗎！」

「解決完這傢伙我就趕去。別擔心。」

「不用管我……你現在就去。」

「可是……」

「不要說可是！如果你認同我就快去！」

李奧用毅然眼神對著席瓦。那種眼神與席瓦，不，與艾諾以往從李奧眼裡見識過的堅毅神采截然不同。

「我會以我心目中的理想皇帝為目標……而第一步就是拯救那些孩子。我已經動員眾多騎士與冒險者一路堅持至今，如果來到這裡還救不回孩子們……我絕不認同！我們一定要救出那些孩子，並且解決這場異變！快去！席瓦！既然你是SS級冒險者，就展現出你的力量吧！！」

這幾乎稱作怒號也不為過。

艾諾首次目睹李奧有這樣的一面。

因此艾諾悄悄一蹬，浮上了天空。

「那你看著吧。見識到以前可別陣亡，李奧納多皇子。」

「放心……我是要稱帝的男人，不會戰死在這裡。」

「是嗎……」

艾諾說完便朝城鎮展開瞬移。

於是李奧將堅毅目光轉向巴蘭。

「過來吧……巴蘭。本著帝國皇子之名，我要裁決在帝國掀起災禍的你！」

「辦得到的話就試試看吧！」

說完，巴蘭和李奧的戰鬥開始了。

劍與劍互搏。換成平時，李奧或許會一邊細察敵情一邊作戰。可是，現在的他跟平時不同。

「喝啊啊啊啊！」

「唔！」

獨臂的巴蘭受到連連猛攻，單方面落於守勢。

隨後李奧更一招劈斷了巴蘭的劍。

「唔喔喔喔喔喔！」

「嘖！」

李奧反手朝巴蘭僅剩的一臂砍去。

剎時間，巴蘭隱身逃離現場了。

「消失了嗎……」

李奧專注於周圍的聲音與動靜。假如巴蘭這樣就肯收手，那他從一開始便不會發動襲擊。自己絕對會成為目標。

李奧有這樣的把握，而他料中了。

「喝！」

「唔……」

突然現身於背後的巴蘭朝李奧的背劃下淺淺一劍。

他手裡握的是短劍。

李奧轉身揮劍，回首時巴蘭卻已消失身影。
忍不住咂嘴而顯得有失本色的李奧環顧四周。可是，他沒辦法找出敵人，還被從旁閃現的巴蘭刺傷左腿。
「唔唔……！」
「丟臉啊，皇子。」
「吃我這劍！」
李奧朝巴蘭揮劍，巴蘭卻悠然拉開距離再次隱形。
自覺衝動的李奧深深吐氣。對手下次會從哪裡出現？自己該怎麼反擊？當李奧如此思索時，腦海裡便浮現艾諾的臉。
爾虞我詐是艾諾的專長。該怎麼做才能出乎對手預料？
「哥會怎麼做……」
李奧稍作思考後，把劍收進鞘裡。接著他閉上眼，只留意動靜。
對方的武器是短劍，要造成致命傷只能針對要害，而且最可能的攻擊方式是突刺。仍有餘裕的巴蘭不會硬拚才對，那麼他會瞄準的部位就是心臟。李奧推斷出對方會刺向心臟，而在背後感受到動靜的那一刻——
李奧向右傾身。然而，熱流竄上左肩，隨後則有銳利的疼痛。

猛一看，短劍深深插進了左肩。

「你以為放棄反擊，只顧閃避就躲得開嗎？」

「不……我什麼都沒有放棄……」

李奧說完就咬牙挪身，用右手掐住巴蘭的頸子。

好似要扭斷對方脖子的他於五指使勁並開口低喃：

〈其火光來自天際・旨在接濟善士良民・至高聖焰聽我呼喚・嶙嶙之火拔地燃起・但求盡除諸惡眾邪——神聖熾炎。〉

由五節咒語構成的現代魔法，對不死系怪物有莫大效果的聖屬性魔法。在廣泛普及的現代魔法中亦屬上乘且使用者少，然而李奧學遍了各種魔法，這招他也有學成，為了避免自己在將來受困。

李奧的右手生出神聖火焰，只燒在巴蘭身上，李奧的手不受任何影響。

「唔喔喔喔喔喔喔喔！」

「我不會讓你逃走……」

作勢要逃的巴蘭用力握住李奧的右臂，然而李奧加強聖炎，絕不放開巴蘭。

最後巴蘭停止抵抗了，但李奧仍持續將其身軀燒到完全灰飛煙滅。

「呼……呼……」

目睹對方化為灰燼，灰燼又隨風而散以後，李奧從鞘裡拔劍高舉。

「帝國第八皇子，李奧納多．雷克思．阿德勒誅討惡魔了！！」

剎時間，在場所有騎士發出了勝利的歡呼。接著李奧望向城鎮。

「拜託妳了，琳妃雅……」

那一瞬間，黑暗球體發出了強烈的光芒。

13

踏進帕薩城鎮的琳妃雅等人正望著飄在空中的黑暗球體，以及球體底下開出的巨大黑色洞穴。

「用不著說明。這就是與魔界相通的洞穴吧。」

「得快點封住才行呢。」

由於巴蘭之前一口氣將怪物喚出，目前怪物已不會大量湧現，但是仍有少數骷髏怪一點一點地從中爬出來。放著不管的話只會越來越多。

「為此就必須設法處置這顆黑色球體……」

「既然我妹妹在那裡頭，呼喚她應該會有反應。」

「問題在於要怎麼到那裡。」

莉婕仰望飄浮在空中的球體。那實在不是跳得上去的距離。

當莉婕這麼想的時候，就突然受到了來自側面的攻擊。她被震飛一大段距離，卻在半空翻了跟斗並且著地。然而莉婕手裡握的劍已經從中折斷。

「嗯，光接下攻擊就這樣啊。」

「剛才我可是懷著殺妳的念頭出手。」

佛爾卡斯說完就把劍輕輕一揮。有兩名人類能抵擋純屬戰鬥型惡魔的佛爾卡斯出手攻擊，讓他難掩訝異。

不過擋得住攻擊與能夠對抗是兩回事。

佛爾卡斯緩緩朝莉婕接近，琳妃雅及士兵卻擋到他面前。

「我倒覺得妳退下會比較好喔。」

「我才想問你這樣行嗎？攻擊我難道不會誤事？」

「不需要擔心了。我已經讓召喚者深深入眠，睡在我創造的那顆球體。」

「是你將我妹妹……！」

「找我出氣可就錯了。是那女孩喚出了我們。她心生絕望，想求助於任何可以拯救自己的對象。而且她希望有個安全的處所，所以我才用那顆球體保護她。」

「你敢說這是保護……！」

惡魔無法直接反抗召喚者。然而，命令有解讀空間。

儘管只要求助便能得救，接到這種含糊的命令，要怎麼救都隨惡魔自由。

此類危險性致使惡魔召喚術作古了。大多數情況，惡魔都比人類更聰明狡猾，因此往往會在解讀命令這一層遭到算計。

琳妃雅雖對佛爾卡斯的說詞感到憤怒，也不至於氣急敗壞地就殺過去。

而佛爾卡斯朝琳妃雅前進一步，但就在此刻，席瓦瞬移來到琳妃雅前面了。

「你的對手是我。」

「哦？你擱下巴蘭趕來了？」

「我認為皇子不會被那點小把戲打敗。」

「勸你不要看扁惡魔。」

「我要把你的話直接奉還。別小看人類。」

雙方的魔力一舉高漲。

琳妃雅等人在這段期間拉開距離。他們察覺到留在旁邊會礙事。

「殿下，您有沒有受傷？」

「沒有。重要的是，要想辦法到那裡。」

當莉婕如此開口時，她們面前就冒出了階梯狀的結界。

那道階梯一路直達黑暗球體。

「滿周到的嘛，戴面具的冒險者。」

「很榮幸得妳賞識。去吧，琳妃雅。那也屬於結界的一種，只要裡頭的召喚者醒來就有辦法破解。」

「好的！感謝你！席瓦！」

琳妃雅說著就爬上結界。

不想讓她如願的骷髏怪聚集而來，但莉婕以自己為中心布下了圓陣。

「所有人絕對要死守這裡！」

骷髏怪在莉婕指揮下被擊退，然而面對源源不絕湧現的敵人，防線遲早要被突破。

心想要快的琳妃雅全力衝上階梯，佛爾卡斯就在她的面前出現了。

「妳以為我會放妳過去？」

「我當然要去。」

琳妃雅絲毫沒有放緩衝刺的速度。

彷彿在掩護這樣的她，有好幾道魔法朝佛爾卡斯飛射而來。

佛爾卡斯全數用劍擋開，卻被繞身施展的魔法擊中背後，從而被轟出琳妃雅前進的路線。

「唔！」

「你的對手是我，我應該說過吧？」

「看來得先對付你！」

話說完，兩人便展開攻防。

琳妃雅在這段期間抵達了黑暗球體。

「杏花！杏花！」

她不知道該怎麼做，便只顧呼喚妹妹的名字。黑暗球體沒有反應。

琳妃雅下定決心向黑暗球體伸出了右手。

「唔——！」

針扎般的電擊竄上右臂。

然而，琳妃雅仍不死心地將右臂探入黑暗球體的深處。

「杏花……！是我……！琳妃雅！」

右臂逐漸因電擊而失去知覺。

即使如此，琳妃雅仍一點一點地往裡面探。

這似乎有了成果，琳妃雅的右臂開始鑽進黑暗球體的內側。

不過，球體大概是想排除異物，電擊的力道變得更強。

「嗚嗚嗚嗚！啊啊啊啊！」

琳妃雅一邊痛苦呻吟，一邊咬緊牙關。

她告訴自己：這不難受，這並不痛。

「對不起……我沒能保護妳……杏花……已經沒事了……姊姊來了……」

琳妃雅讓右臂深陷球體。就在連右肩都陷入其中的時候——

有聲音在她腦裡響起。

『琳……姊姊……？』

「杏花？杏花！妳在那裡嗎！」

『我好怕……琳姊姊……』

「不要緊的……有我在……」

可是琳妃雅的右臂前端並沒有得到反應。

琳妃雅一邊期望對方伸手，一邊繼續呼喚：

「已經沒事了……我們一起回去吧……」

『可是……』

「不用怕……我會保護妳……」

『跟琳姊姊一樣想救我的人死掉了……妳也會被我害死的……』

「妳在說什麼呢……我不會死……因為我還有很多同伴。」

『同伴……？那麼多大人都是姊姊的同伴……？』

「對呀……杏花，他們是為了救妳而聚到這裡的……」

『……大人會讓我害怕……』

猜疑心強烈的話語讓琳妃雅聽得用力咬緊牙關。

杏花在離開村子前是個親近人的女孩，她居然會說出這種話，不曉得是遭遇了什麼事，不曉得自己害她遭遇了什麼樣的事。

「……對不起……對不起……杏花……」

『琳姊姊，妳在哭嗎……？』

「沒有關係……沒事的……只要妳平安就好……不會再有讓妳害怕的事情……我會保護妳遠離那一切……就算有讓妳害怕的大人在也不要緊……」

『真的嗎……真的不用怕了嗎……？不只是我……妳也能保護大家嗎？』

「大家……？還有其他小孩？他們平安嗎？」

『嗯……』

「妳都在保護大家呢……真了不起……沒關係……無論有多少人，我都會保護。」

電擊始終沒有停歇。然而琳妃雅絕不將痛楚顯露在臉上。

她不能讓對方感到擔心。

要是現在讓杏花害怕，一切都會白費。

有許多人提供協助，她能來到這裡並不是全靠自己。

輸給區區電擊就沒有臉面對那些人了。

「把手伸出來！杏花！」

『嗯……不過，琳姊姊妳在哪裡？』

「總之先伸出妳的手！我也會伸手！」

琳妃雅說著就傾全力伸手。

於是有某種東西從手指前端掠過。

琳妃雅篤定那是妹妹的手，便下定決心將上半身全部探進黑暗球體中。

電擊流過體內，連呼吸都沒有辦法。即使如此，琳妃雅仍不以為意地伸手。寶貴的事物就在她眼前。

李奧說過會貫徹自我，琳妃雅認為自己也一樣。

絕不退讓的決心。琳妃雅懷著堅定不移的意志伸出右手。

於是，又有東西掠過手指前端。琳妃雅並未錯失機會，她牢牢將對方抓緊，一舉拖上來。

從黑暗球體拖上來的是個栗色頭髮的少女，眼睛顏色為紅與藍。

「啊啊……杏花……」

「琳姊姊……」

在那裡的無疑就是妹妹杏花。

自己發誓一定要保護的妹妹；自己沒能保護好的妹妹。琳妃雅把她用力摟進懷裡，心想再也不會把妹妹放開。然而，那一刻無法長久持續。

原本位於中心的杏花來到外頭，使得黑暗球體開始龜裂。

隨後黑暗球體就發出光芒，消失了。而黑暗球體消失，裡頭的孩子們就會墜落。

「唔！」

琳妃雅立刻跳下去大聲呼喊：

「席瓦——！」

琳妃雅一邊吶喊，一邊盡可能將孩子們拉到身邊。可是，她的手不夠。

在底下察覺到的莉婕等人也開始行動，但來不及。照這樣的話，孩子們又會墜入開在底下與魔界相通的洞穴。

就在此時，忽然有隻巨大的銀鷲出現在琳妃雅她們面前。

那隻銀鷲載起墜落的琳妃雅與孩子們，然後大大地展翅。

「哇啊……好美的大鳥……」

「這是……」

「用魔法重現的鷲。其實我本來是想用召喚術的。」

如此說道的席瓦現身與銀鷲一同飛行。

接著席瓦看向琳妃雅與緊抱著她的杏花，還有昏迷的眾多孩子，並且「呵」地笑了出來。

「幹得好。剩下交給妳了。」

「好的……請包在我身上。」

「欸欸欸，這隻大鳥叫什麼名字？」

「名字？這個嘛，還沒有耶。妳幫牠取吧。」

「真的嗎！嗯～～要叫什麼好呢？」

席瓦對杏花惹人疼愛的模樣笑了笑以後，就用結界將飛來的攻擊擋住。滿腔怒火的佛爾卡斯就在後方。

「饒不了你……居然破壞我的計畫……！」

「饒不了我？那是我要說的台詞。你可別以為自己能死得痛快喔。」
「別虛張聲勢，我已經明白你有多少能耐了。你不及我。」
「是嗎……那你就試試看吧。」
話說完的瞬間，席瓦的魔力膨發到比剛才更為強大。
琳妃雅見狀，察覺其中原因。
席瓦是顧慮對周圍的影響，才沒有拿出真本事。
接下來他才要認真對敵。

14

「別虛張聲勢，我已經明白你有多少能耐了。你不及我。」
佛爾卡斯對我投以輕視的目光。
大概是之前交手讓他覺得自己沒有會敗的要素吧。我在先前的戰鬥中確實沒有對他造成什麼像樣的傷害。佛爾卡斯同樣沒有對我造成傷害，但他顯然還沒有認真。
恐怕是為防萬一，他一直保留著用來抵抗召喚者的力量。

然而，我也一樣沒有認真。

「是嗎……那你就試試看吧。」

我解放先前壓抑的魔力。為了不讓琳妃雅的妹妹害怕，我就沒有認真到這個地步，但現在琳妃雅已經救回妹妹了，不需要對敵人留手。

「別讓我一再重複。你的力量，根本不及……」

「怎麼了？不及你的話就放馬過來啊。」

佛爾卡斯似乎也解放了先前壓抑的力量，但頂多只有原本的兩倍。

反觀我的力量則是剛才的十倍以上。

濃密魔力高漲到足以目視。我鮮少認真將實力展現到這種地步，因為在作戰時很難不波及四周。

「這次必須操心的人難得較少……那我要拿出相對認真的力量對付你嘍？」

「較少？我們底下可有數千個人類！」

「在我最近的經驗中算少了。」

跟基爾或阿爾巴特羅公都的居民相比，幾千人根本不算多大的數字。我姑且也設了在基爾用過的治療結界，不過底下兵力密集，作用範圍也就可以縮小。

對建築物也不用太過操心，以戰場的條件來說還算不錯。

咬牙作響的佛爾卡斯舉起了劍。

「無論你的能耐有多大！沒使出來就不具意義！」

佛爾卡斯說著就急速朝我逼近。

近身戰是魔導師的弱項。他知道這一點才用這套戰法吧。我確實不會用兵器，體術也在常人平均之下，即使用席瓦的身分披掛上陣也一樣。

再怎麼強化體能，體術的資質也不會提升。

不過，我只要採用無需體術資質的戰法就行了。

「得手啦！」

佛爾卡斯從左方切入間距。

我頓時側身瞬移。移動地點是遠離佛爾卡斯的城鎮上空。

我在那裡用右手對著佛爾卡斯低喃：

〈化血迸雷——血腥雷霆！〉

漆黑如血的巨大轟雷朝佛爾卡斯一直線急降。

佛爾卡斯立刻舉劍防禦，卻擋不住血雷而被轟得相當遙遠。

「唔喔喔喔喔喔！」

佛爾卡斯勉強彈開血雷逃過我這招，但身體已經嚴重灼傷。不過，那明明是足以讓常人無法動彈的灼傷，卻在一瞬間痊癒了。看來他身為惡魔的因子比巴蘭顯著。

「如何？對我的實力大有體會了嗎？」

「你……少得意！」

佛爾卡斯說著就造出了長達數公尺的五柄巨劍，並朝我這裡射來。疾飛而來的那些巨劍猶如猙獰猛禽。

五柄巨劍相互配合朝我展開逼殺。

我飛翔於天空閃躲，然而躲掉一柄巨劍就有另一柄巨劍從死角來襲。

在我與巨劍展開追逐的期間，佛爾卡斯已經接近來到我的底下。

「這樣你休想瞬移！」

「別小看我。」

我用結界包圍住巨劍制止其行動，然後朝著沒多玩花樣就直衝而來的佛爾卡斯使出右直拳反擊。這記右直拳化成了巨大的半透明拳頭，並且將仍有距離的佛爾卡斯揍飛。

「唔喔喔！」

這招「魔手」應用了可以創造出虛擬手足的魔法。

挨中魔法拳頭的佛爾卡斯被重扣在地。我作勢朝著高高反彈的佛爾卡斯提腿一踹。

愛爾娜看我使的這招下段踢應該會嫌沒天分，但只是要將敵人踹飛的話，這樣就夠了。

巨大的腳憑空化形，將佛爾卡斯往旁踹飛。

「嘎！咕！唔喔喔喔喔喔！！」

佛爾卡斯連連受到重擊，仍用劍插向地面想穩住陣腳。然而穩住以後，卻讓他落得硬接下一波攻擊的窘境。

〈大地之王，代我誅滅傲慢之徒——地裂天崩。〉

佛爾卡斯著陸的地面陣陣隆起，不久就化成巨大的土錐襲向佛爾卡斯。佛爾卡斯想逃往天空，那道土錐卻持續增長到能追上他，毫無止盡地無限延伸。

「嘖！盡會使纏人的魔法！」

佛爾卡斯似乎察覺這樣沒完沒了，就以黑暗氣場環繞於劍身豁力發招。

他這一劍使得土錐化為粉碎回歸大地。

「呼……呼……」

「你似乎挺累的耶，要休息嗎？」

「唔……為什麼？你為什麼不從一開始就認真戰鬥？」

「因為我認真會嚇到人嘛。嚇到你的召喚者。」

「就這樣……？為了這點理由你就不現出真本事？」

佛爾卡斯彷彿難以置信地睜大眼睛。哎，我想也是。

我會出手，就是要拿下最理想的結果，也有人會為此責怪我，而我會為了單單一個村莊刻意在不利的場所作戰；也會為了單單一個人讓戰鬥拖長。

許多人都說只要犧牲他們就好。他們認為那是不得已的犧牲，還質疑要是為了少數而造成更多的犧牲該怎麼辦。他們說的應該有道理。可是，我既沒有道義更沒有義務要聽從。

「就這樣而已。有些傢伙說擁有力量之人就要擔負起責任。我認為那是模稜兩可的說詞，卻也覺得當中有合理的一面。既然鞭長可及，我就應該助人。不過，很遺憾的是我也屬於人類，會有鞭長莫及而救不了人的狀況。正因如此，我打定了主意，只要是我能力所及，我就要救到所有人。哪怕會讓自己陷入不利，哪怕會被稱作愚蠢，那就是我身為冒險者的信條。」

「無法理解……強者才是對的！那才是魔界的真理！」

「在魔界是那樣。不過，這裡是地上。這個世界有這個世界的規則。」

「那套規則還不是由強者制定的！」

「是啊，沒有錯，而且在場的強者是我。換句話說——我就是規則。」

「開什麼玩笑啊啊啊啊！！」

佛爾卡斯聽了我的話就激動得釋出比剛才更強的氣場環繞於劍上。

接著他連劍帶勁朝我猛揮而下。身為惡魔，他似乎無法坐視我放肆。被區區人類瞧不起，惡魔的自尊心應該無法容忍。

然而，那是鐵錚錚的事實。佛爾卡斯使出的闇之斬擊被我準備的結界擋下。那是可吸收對手攻擊的結界。

「你在被召喚出來的時間點就該轉移陣地了。想把這裡當據點再帶其他惡魔過來的念頭是一種傲慢。」

「最傲慢的是你吧！」

「我不否認。」

佛爾卡斯注入更多魔力想打破結界，斬擊的威力雖有提升，憑尋常的能耐是破不了這道結界的。當他讓我有空檔準備時就該放棄正面突破了。佛爾卡斯瞪向我，我卻不當一回事。

看著我的不只佛爾卡斯，有許多人都在看著我。

看著SS級的冒險者席瓦。

「SS級冒險者……跟其他的冒險者不同。每個人都會認為『席瓦能把問題搞定』，我非得讓人相信事實便是如此。而未來的皇帝在今天說過，要我拿出真本事。他要借助我的力量貫徹自我，那我就得回敬那股決心才行。」

話說完，我將吸收的力量全數轉換成魔力，開始準備大魔法。佛爾卡斯似乎察覺到這一點，就打算干擾我施法，卻有憑空飛出的鎖鏈將他捆住。

「這是……！」

「在那裡別動。這道魔法需要花點時間。」

上次用這招不記得是什麼時候了。帝位之爭開始後，我想的盡是暗中活躍把李奧拱上位。要保護的事物變多，該做的事情增加，我就沒有全心專注於戰鬥這一項。

以前輕鬆多了。我只要獨力作戰，把強大的對手打倒就好，簡單明快。用席瓦身分戰鬥時可輕鬆了。

即使如此，明白所有後果的我仍決定助李奧稱帝。李奧已經證明我的選擇沒有錯。他有所成長，而且正逐步接近以往我見識過的理想皇帝。李奧遲早會成為一名人人讚頌的皇帝，他展現了這樣的可能性。

那我也不能只顧自己輕鬆。該趁現在秀一手，讓所有人回想起來，想起席瓦是令人畏懼的存在。

〈我乃知悉銀理之人．我乃蒙真銀選召者。〉

戴著銀面具，所以叫席瓦（Silver）。

我可不是因為這麼單純的理由才自稱席瓦。

〈銀星自星海而來．遍照大地撼動天威。〉

古代魔法也可分成幾類，當中更有格外強大的魔法。

有一類魔法屬我最為擅長，其名為銀滅魔法。那是我用於討伐古龍的魔法，也是以冒險者身分初次運用的魔法，亦可看作席瓦的象徵。

〈其銀輝為眾神真理．其銀耀為上天護佑。〉

當我決定成為冒險者時，首次行動就是討伐於帝國附近迎來活動期的古龍，再帶到公會總部當成伴手禮。

雖然我根本沒有註冊，但是討伐隊的冒險者們報告了我的功績，我便破例被任命為SS級冒險者了。

〈銀閃現須臾．銀輝無窮盡。〉

席瓦的名號則是那時候取的。某方面而言，這算外號。

我要向眾人昭示席瓦並非徒具其名。

〈號令銀光寄於我手．但求滅盡放肆之徒——〉

綻放強烈光輝的銀球出現在我雙手之間。佛爾卡斯感受到從中散發的超凡力量，便擠出餘力掙脫咒鏈擺出迎戰的態勢。

了不起的傢伙。對方能掙脫咒鏈，就表示他肯定遠比過去被認定為S級怪物的兩名吸血鬼強。不過那太晚了。

銀光已在我的手中。

〈銀滅射線。〉

將銀球壓碎以後，有巨大光球出現在我的四周。

光球瞄準佛爾卡斯射出了銀光。

「唔喔喔喔喔喔喔！！」

佛爾卡斯朝那道銀光發動最強的一波攻擊，嘗試將其抵銷。

經過長時間的角力，佛爾卡斯勉強成功抵銷銀光。

「看到了嗎！你最強的魔法已經被我……」

意氣風發的佛爾卡斯隨即無話可說。

因為在我背後有七顆光球，而且它們各自朝著底下的大群怪物發射剛才的銀光。那模樣看起來正像是神發下了天譴。

銀滅射線是超廣範圍的殲滅魔法。這道魔法會生出自動攻擊的光球，將我視為敵人的目標消滅。很遺憾，佛爾卡斯抵銷掉的僅僅是擴散出去的其中一道銀光。

「怎麼可能……」

原本為數眾多的怪物全被消滅了，只剩佛爾卡斯。

我用咒鏈再次綁住佛爾卡斯，然後帶他到城鎮中心開出的洞穴上頭。與此同時，七顆光球全都瞄準了佛爾卡斯。

「你是……什麼人……？」

「SS級冒險者席瓦。萬一你能活著回魔界，記得替我把名號廣傳出去，就說地上有個無與倫比的強手。」

「該死……！」

「這是我奉送的禮物。你們專程帶了大隊怪物來此一遊，見不得光未免可憐。」

我說著便舉起右手。手一揮下，七顆光球就會同時綻放銀光。

佛爾卡斯察覺後就出聲制止：

「慢、慢著！」

「慢不得。」

說完我就揮下手臂。

光球綻放出分外強大的光輝，銀光在收束後發射了。美得有如眾星的光彩，耀眼而炫目。銀光在一瞬間將佛爾卡斯吞沒，並探入洞中將理應正在朝這裡而來的怪物或惡魔予以殲滅。

隨著洞穴逐漸縮小，銀光也越來越細。於是我在最後緩緩握起手，銀光就在手握成拳的時候結束照射，洞穴也完全關閉了。

銀滅射線將怪物一掃而空，惡魔們也隨之消失。

原本被關在黑暗球體的孩子們都獲救了，戰場上的騎士及冒險者也有盡可能救到，結果應可稱作上乘。

所以我對全體冒險者宣布：

「視為目標的怪物已確認討伐完畢！南部異象應會就此終結！因此！我在這裡宣布剿滅任務『蒼鷗救援』順利達成！這是我們的勝利！」

彷彿就等我這句話的冒險者們發出歡呼，眾騎士也跟著將劍高舉發出勝利的吶喊。最後所有人都舉起了手慶祝勝利。

難保不會撼動帝國的南部異變到此解決了。

該做的事還多得很，善後應該也有得忙，但現在還是要慶幸這次的勝利。

我們有了比戰勝更具價值的成果。

收穫豐碩。這樣李奧就成了英雄，南部之事將有皇帝親自調查。

「或許差不多到反擊的時候了。」

我一邊這麼嘀咕，一邊著手設置用來讓帝都冒險者們歸還的傳送門。

終章

Epilogue

「所以呢？父皇後來病情如何？」

在南部那場戰鬥過後，我回到了萊茵費爾特公爵身邊。公爵和皇姊之後應該會因為這次的事情而被召往帝都吧。原本我是打算隨著他們一起回帝都，然而，我在意父皇的病情，因此就這麼偷偷地溜回來了。

「是的，陛下正順利康復。雖然他每次跟密葉大人強調自己已經沒事，好像就會被叮嚀還不能操勞。」

「很像父皇的作風，也很像母親的作風呢。除非御醫許可，否則母親應該是不會讓父皇處理政務啦，希望他可以當成休假好好安養。」

「聽說對陛下而言……紫色狼煙相當於不吉的象徵。皇太子殿下逝世時，也有燃放那種狼煙。所以，這次陛下大概是以為李奧大人逝世了吧。幸好陛下只有病倒而已，我的看法是這樣。」

「畢竟那是通知有緊急事態的狼煙嘛，大多都是代表發生了不幸的事。不過，長兄對父皇而言獨具意義，任誰都會覺得他是心目中的理想人物。如果長兄在世，應該會是帝國史上極少數不經帝位之爭就能即位的皇帝才對。當然，父皇原本也期待著這一點。成長得超乎自己想像的傑出長男，疼愛不已的自豪兒子。多虧有那個人，過去才沒發生帝位之爭。別看父皇那樣，他對兒女還是用情深厚，能免去帝位之爭，父皇應當也樂見其成。可是，長兄之死使一切都成了破局。」

喪失夠格讓自己傳位的理想兒子，兒女又因此開始爭奪帝位。父皇原本深信不疑的幸福未來，從目睹狼煙的那一天就完全破滅了。

不幸之事並未止於如此。原本皇太子稱帝是時間的問題，權力轉讓也已經開始了。皇太子的心腹們被視為帝國的下一代棟樑，被交派了眾多職務。然而，許多有能的人才對皇太子之死感到絕望，紛紛從帝國離去了。

父皇當然也有慰留他們。可是，失去氣力的人縱使再怎麼有能也無法任用。皇太子的存在就是這麼巨大。那些人才離去，使得父皇被迫著手重建帝國。原本正逐漸放掉的權勢要再抓回手裡，想必極費心力。父皇理應也為此頭痛不已，可是他辦到了。

父皇就這樣埋首於政務，為了忘記皇太子的死，無論誰勸他休息都聽不進去。所以這也是個好機會，畢竟讓父皇搞壞身子還得了。

「或許皇太子殿下曾是陛下的『希望』呢……」

「對啊。希望、太陽、夢、理想。要形容長兄，要多少詞就有多少詞。他是會帶來恩澤，還能給予氣力讓眾人向前進的人物。像那樣的能耐越大，帝國上下對於他的依賴也就越深。喪失這麼一名人物，絕望造成的反作用力將無可估計。」

「總覺得聽起來像在說李奧大人呢。」

「李奧確實跟長兄很像，他遲早會成長到跟那個人一樣吧。雖然還沒到那種境界，萬一李奧喪生，或許就會舊事重演。我可不會讓那種事發生。」

即使我會死也要阻止。儘管話沒有說出口，但我有這樣的覺悟。我不會再讓皇太子逝世時的狀況出現。

菲妮卻好像看透了我內心的想法，並且告訴我：

「艾諾大人……您死掉的話，我會陷入絕望。」

「……虧妳曉得我在想什麼。」

「因為我是祕密的分享者。艾諾大人，您有時候會把自己擺在第二來行動。我希望您能多重視自己。」

「我會放在心上。不過就算我喪命，也不會對多數人造成影響。李奧與我，要以誰為優先一目了然。」

「不，艾諾大人。或許您死了並不會對多數人造成影響，可是，對您身邊的人就有莫大影響。我與李奧大人肯定都無法再力圖振作。」

「妳知道我是席瓦，所以會有高估我的傾向呢。」

「與那無關。就算您不是席瓦，依舊對身邊的人大有影響。李奧大人若是太陽，您就是月亮。或許與太陽相較顯得不起眼，或許失去以後會有人覺得無異於平常，可是，對於走在夜裡的人來說，您就是寄予依賴的生命線。月亮能緩和人們置身夜色所感到的無助，何況太陽就是因為有月亮才能休息，進而在早晨來到時隨之散發輝芒。李奧大人沒有您就無法發揮光彩。」

菲妮口氣和緩。可是，我聽著就覺得不堪，心情簡直像被父母訓斥。要反駁不難，我不被需要的證據要多少都舉得出來。可是，菲妮真摯澄澈的眼神不容我那麼做。

我聳肩苦笑。看來只能對她認輸。

「唉……知道了啦。被妳把話說到這分上，我什麼也回不了嘴。往後我也會為自己考慮。在被逼到絕路以前，我不會有死也要成事的念頭。這樣可以嗎？」

「好的。艾諾大人幾乎不會陷入被逼到絕路的窘境才對，所以沒有關係。」

菲妮說著就露出滿面笑容。

像那樣的窘境可多了——這話差點脫口而出，但是菲妮用滿面笑容對著我，我就說不出口。為了不讓菲妮擔心，我得避免被逼到絕路才行。

我一面這麼想一面喝完菲妮沖的紅茶，然後從椅子上起身。

「那麼，我差不多要回去嘍。」

「好的。我會恭候您回來。」

我對菲妮說的話點頭，然後打開傳送門，從現場離去。

■■■

後宮的廂房之一。珊翠菈在第五妃子蘇珊的房裡。

「不妙！大事不妙！大事不妙了啦！母親大人！」

「妳要冷靜下來。南部出了問題，而李奧納多將事情解決了。如此而已。」

「為什麼您能那麼冷靜！要是舅舅被追究責任，父皇又正式展開調查，我們與組織有關一事也會被揭發！那樣的話我就從帝位之爭出局了！理由是我身上有克琉迦家族的血統！」

面對珊翠菈怪罪般的語氣，蘇珊溫和地微笑。她不會斥責年輕尚輕，仍無法控制好情緒的女兒。實際上，癥結在於克琉迦公爵家扯了珊翠菈後腿是確有其事。原本應該要成為後援的老家成了絆腳石，簡直豈有此理。蘇珊對老家的疏於防備也感到傻眼。

然而，蘇珊認為發生過的事無從改變。這是她與珊翠菈在思路上的差異。

「珊翠菈，妳的目標是什麼？」

「那還用說！我要皇帝的寶座！」

「沒有錯。不過，為此妳所需要的並不是權力，而是失落的極致詛咒。」

「可是，幾乎都找不到線索啊！即使查閱有記載的文獻，也只寫到了那跟先天魔法有關連！」

「那是古代祕術啊，要查明談何容易。不過，改為研究文獻中才有的存在如何？」

「文獻中才有的存在？」

「小梅。」

蘇珊如此呼喚名字，侍女當中就有個栗色頭髮的女子上前。其舉止無聲無息，幾乎感覺不出動靜。那是一流暗殺者具備的共通特徵。

她名叫小梅，蘇珊的侍女兼暗殺者。連有眾多暗殺者當部下的珊翠菈也沒有見過手腕比小梅更高竿的暗殺者。

蘇珊平時無法採取醒目的行動，所以就有小梅擔任其耳目，代為探聽後宮及帝都的情勢。她可以說是蘇珊的王牌。

「什麼意思？小梅，妳要來說明嗎？」

「是的，珊翠菈大人。其實我從某個侍女口中聽過傳聞。葵絲妲殿下在陛下累倒的前幾天，就嚷嚷過陛下會累倒。」

「妳說什麼……？」

「我介意這項傳聞便試著調查，就發現離開城裡的前任侍女也講過類似的話。三年前，皇太子殿下逝世之時，葵絲妲殿下也曾預先為此嚷嚷。」

「妳的意思是……葵絲妲天生擁有預測未來的魔法？」

「三年前侍在葵絲妲殿下身邊的侍女都各有理由離開了城裡，所有侍女全是因為親人發生狀況而自願離去的。然而，要擔任城裡的侍女實非易事，接連發生讓人不得不離職的狀況就顯得奇怪，何況她們全是在葵絲妲殿下身邊待過的侍女。當中嗅得出有人對這事暗施手段。」

「會不會是密葉為了守住女兒的祕密，就把當時的侍女遷走了？」

「可能性恐怕不低。會將手段用到這種地步，可見真有一回事。」

蘇珊對小梅說的話深深點頭，接著她望向珊翠菈。那是母親面對兒女的慈愛表情。

然而，蘇珊帶著那副表情告訴珊翠菈：

「先天魔法固然寶貴，預測未來可是只有在文獻才能讀到的稀世能力。不過，這並不奇怪。阿德勒一族始終都在吸收傑出的血統，他們具有全大陸最優秀的血統，葵絲妲則是集其大成。妳覺得如何，珊翠菈？」
「是啊……那或許就有可能。既然她會用如此強大的先天魔法，光是她的血就具有研究價值！」
珊翠菈興奮似的來回走動，還開始喃喃自語。當中並無對於胞妹的情感。
「小梅，我想要拿葵絲妲做實驗！把人給我抓來！」
「這無法立刻辦到，因為葵絲妲殿下幾乎從不出城。」
「沒時間了！不趕緊完成極致的詛咒可不行！」
「慌張也沒用喔，珊翠菈。急就會敗事。小梅，方法交給妳決定。無論用任何手段都要把葵絲妲抓來。」
「遵命。我會先刺探葵絲妲殿下身邊的情形。如果有得知什麼，我會再回來報告。請靜候佳音。」
小梅這麼說完以後，就無聲無息地從現場離去。蘇珊看著自己最信賴的侍女發揮身手，因而露出看似滿意的微笑。
「妳等著吧，珊翠菈。實驗的材料很快就會交到妳手上。」
「是啊，母親大人！」
母女的瘋狂毫無止盡，仍舊不停地增長茁壯。

帝國又有一項隱憂變大了。

我想成為影之強者！ 1~3 待續

Kadokawa Fantastic Novels

作者：逢沢大介　插畫：東西

「傳說的始祖」覺醒時刻逼近——
大規模的「影之強者」風格事件這次也大量發生！

在克萊兒提議之下，席德參加了討伐吸血鬼始祖「噬血女王」的任務，來到無法治都市。出現在他眼前的，是自稱「最資深的吸血鬼獵人」的神祕美少女瑪莉，以及無法治都市的三大勢力。為尋求「始祖血脈」和「惡魔附體者」的關連，戰場變得一片混亂……

各 **NT$260/HK$87**

月夜涙
畫れい亜
3
世界頂尖的暗殺者轉生為異世界貴族
The world's best assassin,
To reincarnate in a different world aristocrat
Kadokawa Fantastic Novels

PRESENTS BY RYUTO
29歲單身漢在異世界
想自由生活卻事與願違!?
10
著 リュート
Illustration
桑島黎音
Kadokawa Fantastic Novels

國家圖書館出版品預行編目資料

最強廢渣皇子暗中活躍於帝位之爭：佯裝無能的SS級皇子背地支配王位繼承戰 / タンバ作；鄭人彥譯. -- 初版. -- 臺北市：臺灣角川股份有限公司, 2021.02-

冊；　公分

譯自：最強出涸らし皇子の暗躍帝位争い：無能を演じるSSランク皇子は皇位継承戦を影から支配する

ISBN 978-986-524-247-3(第2冊：平裝). --
ISBN 978-986-524-626-6(第3冊：平裝)

861.57　　　　109020416

Kadokawa Fantastic Novels

最強廢渣皇子暗中活躍於帝位之爭 3 佯裝無能的SS級皇子背地支配王位繼承戰

（原著名：最強出涸らし皇子の暗躍帝位争い 3 無能を演じるSSランク皇子は皇位継承戦を影から支配する）

2021年7月14日　初版第1刷發行

作　　者：タンバ
插　　畫：夕薙
譯　　者：鄭人彥

發 行 人：岩崎剛人
總 編 輯：蔡佩芬
編　　輯：孫千棻
美術設計：李思穎
印　　務：李明修（主任）、張加恩（主任）、張凱棋

發 行 所：台灣角川股份有限公司
地　　址：105台北市光復北路11巷44號5樓
電　　話：（02）2747-2433
傳　　真：（02）2747-2558
網　　址：http://www.kadokawa.com.tw
劃撥帳戶：台灣角川股份有限公司
劃撥帳號：19487412
法律顧問：有澤法律事務所
製　　版：巨茂科技印刷有限公司
ＩＳＢＮ：978-986-524-626-6